Arturo Pérez-Reverte est né à Cartagena, Espagne, en 1951. Licencié en sciences politiques et en journalisme, il a travaillé longtemps comme grand reporter et correspondant de guerre pour la télévision espagnole, notamment pendant la crise du Golfe et en Bosnie. Ses romans sont des succès mondiaux, et plusieurs d'entre eux ont été portés à l'écran. Il partage aujourd'hui sa vie entre l'écriture et sa passion pour la mer et la navigation. Il a été élu à la Real Academia Española de las Letras en 2003.

LES AVENTURES DU CAPITAINE ALATRISTE
1

Arturo Pérez-Reverte

LE CAPITAINE ALATRISTE

ROMAN

Traduit de l'espagnol
par Jean-Pierre Quijano

Éditions du Seuil

Les poèmes ont été traduits par Albert Bensoussan

TEXTE INTÉGRAL

TITRE ORIGINAL
El Capitán Alatriste
ÉDITEUR ORIGINAL
Alfaguara

ISBN original : 84-204-8353-2

ISBN 978-2-7578-2428-3
(ISBN 2-02-033997-8, 1re publication
ISBN 2-02-040344-7, 1re publication poche
ISBN 978-2-7578-0655-2, 2e publication poche)

AUX GRANDS-PARENTS,
SEBASTIÁN, AMELIA, PEPE ET CALA :

pour la vie, les livres et la mémoire.

Voilà l'histoire : un capitaine
qui commandait notre escouade,
vilainement blessé, malade,
vivait là son ultime peine.
Quel capitaine, messeigneurs,
que ce capitaine d'une heure !

E. Marquina
En Flandre le soleil s'est couché

I

LA TAVERNE DU TURC

Il n'était pas le plus honnête ni le plus pieux des hommes, mais il était vaillant. Diego Alatriste y Tenorio s'était battu en Flandre. Quand je fis sa connaissance, il vivotait à Madrid où il se louait pour quatre maravédis la journée, souvent en qualité de spadassin à la solde de ceux qui n'avaient pas l'adresse ou le courage nécessaires pour vider leurs querelles. Un mari cocu par-ci, une dispute ou un héritage contesté par-là, dettes de jeu en souffrance, etc. La critique est facile aujourd'hui. Mais, à l'époque, la capitale de l'Espagne était un lieu où la vie ne tenait souvent qu'à un fil, au coin d'une rue, au bout d'une pointe d'acier. Diego Alatriste s'y débrouillait fort bien. Très habile quand le moment était venu de tirer l'épée, il maniait encore mieux sa « main gauche », cette dague étroite et longue que certains appellent la biscayenne et dont les bretteurs de profession usaient souvent. Un coup d'épée, un autre de biscayenne, disait-on. L'adversaire attaquait et parait de son mieux avec son fer, puis le coup de dague venait subitement, au ventre, dans les tripes, un coup vif comme l'éclair qui ne vous laissait même pas le temps de demander la confession. Je vous l'ai dit : les temps étaient difficiles.

Le capitaine Alatriste vivait donc de son épée. Autant que je sache, son titre de capitaine était plus un surnom qu'un grade. Il lui venait d'une certaine nuit, bien des années auparavant, alors qu'il était soldat du roi et qu'il avait dû traverser une rivière glacée avec vingt-neuf camarades et un vrai capitaine. Imaginez un peu : vive l'Espagne et vive le roi, l'épée entre les dents, en chemise pour se confondre avec la neige et surprendre un détachement hollandais. Les Hollandais, qui prétendaient proclamer leur indépendance en catimini, étaient les ennemis d'alors. Au bout du compte, ils parvinrent à leurs fins, mais nous leur fîmes la vie assez dure. Pour revenir au capitaine, le plan convenu était de tenir la place, sur la berge d'une rivière ou sur une digue, que sais-je, jusqu'à ce que les troupes de Sa Majesté lancent leur attaque à l'aube et rejoignent les soldats envoyés en avant-garde. Les protestants furent dûment taillés en pièces sans même avoir eu le temps de se repentir de leurs péchés. Ils dormaient comme des marmottes quand les nôtres sortirent de l'eau, bien résolus à se réchauffer, ce qu'ils firent en expédiant les hérétiques en enfer, si c'est bien là que s'en vont les maudits luthériens. Malheureusement, l'attaque espagnole ne vint pas avec l'aube. Jalousies entre mestres de camp et généraux, raconta-t-on plus tard. Toujours est-il que les trente et un hommes restèrent là, abandonnés à leur sort, jurant et pestant, entourés de Hollandais prêts à venger le massacre de leurs camarades. Plus défaits encore que l'Invincible Armada du bon roi Philippe II. La journée fut longue et très dure. Pour vous en donner une idée, sachez que seulement deux Espagnols parvinrent à regagner l'autre rive, quand la nuit tomba enfin. Diego Alatriste était du nombre. Et comme il avait commandé la troupe pendant toute la journée – le vrai capitaine avait été mis hors de combat à la première escarmouche, le dos transpercé par six pouces d'acier –, le surnom lui resta, sans qu'il eût jamais le grade. Capitaine d'un jour d'une troupe d'hommes condamnés à mort qui, perdus pour perdus, vendirent cher leur peau, l'un après l'autre, acculés à la rivière, jurant et blasphémant comme de beaux diables. A l'espagnole.

Enfin. Mon père fut l'autre Espagnol qui rentra cette nuit-là. Natif de la province de Guipuzcoa, il s'appelait Lope Balboa et c'était lui aussi un homme valeureux. On dit que Diego Alatriste et lui furent de très bons amis, presque comme deux frères, ce qui doit être vrai car quelque temps après, quand mon père fut tué d'un coup d'arquebuse sur un rempart de Jülich – ce qui explique pourquoi Diego Velázquez ne put le représenter plus tard sur son tableau de la prise de Breda, alors qu'on y voit Alatriste derrière le cheval –, le capitaine lui jura de s'occuper de moi quand je deviendrais garçon. Et c'est pour cette raison qu'à la veille de mes treize ans ma mère me fit un balluchon avec une chemise, quelques culottes, un rosaire et un quignon de pain, puis m'envoya vivre avec le capitaine, profitant du passage d'un cousin en route pour Madrid. C'est ainsi que j'entrai au service de l'ami de mon père, en qualité de domestique et de page.

Une confidence : je doute fort que ma sainte mère, si elle l'avait mieux connu, m'eût envoyé si allègrement me mettre à son service. Mais je suppose que le titre de capitaine, même faux, donnait un vernis honorable au personnage. De plus, ma pauvre mère était de santé fragile et elle avait deux filles, en plus de moi. En m'expédiant à Madrid, elle avait une bouche de moins à nourrir et elle me donnait l'occasion d'y chercher fortune. Elle me confia donc à son cousin sans chercher à en savoir davantage et lui remit une longue lettre écrite par le curé de notre village dans laquelle elle rappelait à Diego Alatriste la promesse qu'il avait faite et son amitié pour mon défunt père. Je me souviens que lorsque j'entrai à son service, il était revenu depuis peu des Pays-Bas à cause d'une mauvaise blessure au côté, reçue à Fleurus, encore fraîche et très douloureuse. Et moi, à peine débarqué, timide et craintif comme une souris, couché sur ma paillasse, je l'entendais la nuit marcher de long en large dans sa chambre, incapable de trouver le sommeil. Il lui arrivait aussi de chantonner à voix basse des couplets entrecoupés de gémissements de douleur, de réciter des vers de Lope de Vega, de jurer ou de se parler à lui-même, résigné et en même temps amusé de sa situation. C'était l'un de ses traits de caractère : voir chacun de ses maux et malheurs comme une espèce de plaisanterie inévitable qu'une vieille connaissance animée d'intentions perverses se serait amusée à lui infliger de temps à autre. Peut-être était-ce la cause de son humour si particulier, caustique, inébranlable et désespéré.

Bien des années ont passé et je m'embrouille un peu dans les dates. Mais l'histoire que je vais vous conter dut se dérouler vers l'an mille six cent vingt, à peu de chose près. Il s'agit de celle des deux hommes masqués et des deux Anglais qui fit tant jaser Madrid et dans laquelle le capitaine faillit laisser la peau, lui le rescapé de Flandre, des Turcs et des corsaires de

Barbarie. Elle lui valut aussi de se faire quelques ennemis qui allaient le demeurer pour le restant de ses jours. Je veux parler du secrétaire de Sa Majesté, Luis d'Alquézar, et de son sinistre sicaire italien, un spadassin aussi dangereux que peu bavard qui s'appelait Gualterio Malatesta, si habitué à tuer dans le dos que, lorsque d'aventure il le faisait de face il tombait dans de profondes dépressions, s'imaginant qu'il perdait ses facultés. Ce fut également l'année que je m'épris comme un jeune veau et pour toujours d'Angélica d'Alquézar, perverse et méchante comme seul peut l'être le Mal incarné dans une petite fille blonde de onze ou douze ans. Mais chaque chose en son temps.

Je m'appelle Iñigo. Et mon nom fut le premier mot que prononça le capitaine Alatriste le matin qu'il sortit de la vieille prison de Madrid où il avait passé trois semaines aux frais du roi, pour dettes. Quand je dis aux frais du roi, ce n'est qu'une façon de parler car, dans cette prison comme dans les autres, les seuls luxes – desquels faisait partie la nourriture – étaient ceux que chacun pouvait se payer de sa bourse. Par bonheur, même si le capitaine n'avait pratiquement plus un sou vaillant quand on l'avait jeté au cachot, il comptait de nombreux amis qui lui vinrent en aide pendant son incarcération, rendue plus tolérable grâce aux brouets que Caridad la Lebrijana, tenancière de la Taverne du Turc, lui faisait porter de temps en temps par mes soins, grâce aussi aux réaux qui lui venaient de ses amis Don Francisco de Quevedo, Juan Vicuña et quelques autres. Quant au reste, je veux parler des accidents fréquents dans les prisons, le capitaine savait s'en garder comme personne. Il était notoire à l'époque que les prisonniers délestaient de leurs biens, vêtements et même chaussures leurs compagnons d'infortune. Mais Diego Alatriste était assez connu à Madrid, et ceux qui ne le connaissaient point apprenaient vite qu'il valait mieux le prendre avec des gants. Selon ce que j'appris par la suite, le premier geste du capitaine en entrant au cachot fut d'aller droit sur le plus dangereux des bravaches qui se trouvaient là, puis, l'ayant salué fort poliment, de lui mettre au gosier un petit couteau de boucher qu'il avait pu conserver par-devers lui, moyennant quelques maravédis pour le geôlier. Le geste eut un effet miraculeux. Après cette déclaration de principes sans équivoque, personne n'osa molester le capitaine qui put dorénavant dormir tranquille, emmitouflé dans sa cape, dans un coin plus ou moins propre de l'établissement, protégé par sa réputation d'homme qui n'avait pas froid aux yeux. Plus tard, la généreuse distribution des brouets de Caridad la Lebrijana et des bouteilles de vin achetées au gardien grâce aux libéralités de ses amis lui assurèrent dans la geôle de solides loyautés, dont celle du vaurien du premier jour, un Cordouan répondant au nom de Bartolo Chie-le-Feu, lequel, habitué des rixes autant que des galères et des églises où il lui arrivait souvent d'aller chercher refuge, ne lui tint nullement rigueur de son geste. C'était là l'une des vertus de Diego Alatriste : il savait se faire des amis, même en enfer.

Croyez-le ou non, je ne me souviens pas bien de l'année – nous étions en vingt-deux ou vingt-trois peut-être. Ce dont je suis sûr, c'est que le capitaine sortit de prison un beau matin, sous un ciel bleu et limpide, et qu'il faisait un froid à vous couper le souffle. Depuis ce jour qui, nous l'ignorions encore, allait tellement changer nos vies, beaucoup d'eau a passé sous les ponts du Manzanares. Mais je crois encore voir Diego Alatriste, maigre et mal rasé, debout devant le portail de bois noir garni de gros clous qui se refermait derrière lui. Je me souviens parfaitement que la clarté aveuglante de la rue lui fit battre des paupières. Je vois encore cette moustache fournie qui dissimulait sa lèvre supérieure, sa mince silhouette enveloppée dans sa cape, son chapeau à large bord dans l'ombre duquel il plissait ses yeux clairs, éblouis, qui me parurent sourire quand ils m'aperçurent assis sur un banc de la place. Il y avait quelque chose de singulier dans le regard du capitaine. D'un côté, il était clair et très froid, glauque comme l'eau des flaques par une matinée d'hiver. De l'autre, il pouvait s'ouvrir subitement en un sourire chaleureux et accueillant, comme un coup de soleil fait fondre une plaque de glace, tandis que son visage demeurait sérieux, morne et grave. Il avait aussi un autre sourire, plus inquiétant celui-là, qu'il réservait pour les moments de danger ou de tristesse : sous sa moustache, une grimace qui lui faisait tordre légèrement la commissure gauche, aussi dangereuse que la botte qui manquait rarement de suivre, ou d'une tristesse funèbre quand elle apparaissait au fil des bouteilles de vin que le capitaine vidait seul les jours où rien ne le faisait sortir de son silence. Trois pintes sans reprendre son souffle, et ce geste du revers de la main pour se sécher la moustache, le regard perdu sur le mur d'en face. Des bouteilles qui tuent les fantômes, avait-il coutume de dire, sans jamais parvenir à les tuer tout à fait.

Le sourire qu'il m'adressa ce matin-là en me voyant assis sur mon banc appartenait à la première catégorie : celle qui illuminait ses yeux, démentant la gravité imperturbable de son visage et l'âpreté qu'il s'efforçait souvent de donner à ses paroles, même lorsqu'il ne la ressentait point. Il regarda d'un côté puis de l'autre, sembla satisfait de ne voir apparaître aucun nouveau créancier, s'avança vers moi, ôta sa cape malgré le froid, puis en fit une boule qu'il me jeta.

– Iñigo, tu la feras bouillir. Elle est pleine de punaises.

La cape empestait, et lui aussi. Ses vêtements grouillaient de vermine, comme l'oreille d'un taureau. Moins d'une heure plus tard, il n'y paraissait plus rien grâce aux bains de Mendo le Toscan, un barbier qui avait été soldat à Naples du temps de sa jeunesse. Mendo appréciait beaucoup Diego Alatriste et lui faisait crédit. Quand je revins avec du linge de corps et l'unique costume de rechange que le capitaine rangeait dans l'armoire vermoulue qui nous servait de garde-robe, je le trouvai debout dans un baquet rempli d'eau sale, en train de s'essuyer. Le Toscan l'avait rasé de près et ses cheveux châtains, courts, humides et peignés en arrière, séparés au milieu par une raie, découvraient un large front bruni au soleil de la cour de la prison, avec une petite cicatrice en travers du sourcil gauche. Alors qu'il achevait de s'essuyer, puis mettait sa culotte et sa chemise, j'observai les autres cicatrices que je connaissais déjà. Une en forme de demi-lune, entre le nombril et la mamelle droite. Une autre, longue, sur une cuisse, en zigzag. Toutes deux faites à l'arme blanche, épée ou dague, à la différence d'une quatrième, dans le dos, dont la forme en étoile indiquait clairement qu'elle avait été laissée là par une balle. La cinquième, la plus récente, n'était pas encore complètement refermée. C'était cette blessure qui l'empêchait de dormir la nuit : une estafilade violacée de près de six pouces au flanc gauche, souvenir de la bataille de Fleurus. Elle s'ouvrait parfois et suppurait un peu, bien qu'elle fût vieille de plus d'un an. Ce jour-là, elle n'avait pas trop mauvaise mine quand son propriétaire sortit de son baquet.

Je l'aidai à s'habiller lentement, nonchalamment : pourpoint gris foncé et culotte de la même couleur, de celles que l'on appelle à la wallonne, serrée aux genoux sur des bottes qui dissimulaient les reprises des bas. Puis il passa son ceinturon de cuir que j'avais soigneusement graissé en son absence et y glissa son épée à grands quillons dont la lame et la coquille portaient des bosses et des éraflures, marques d'anciens combats. C'était une bonne épée tolédane, longue et menaçante, qui entrait et sortait de son fourreau avec un interminable chuintement métallique à vous donner la chair de poule. Il se contempla un instant dans un méchant miroir de buste qui se trouvait là et ébaucha un sourire las :

– Pardieu, dit-il entre ses dents, j'ai soif.

Sans un mot de plus, il descendit l'escalier devant moi, puis enfila la rue de Tolède jusqu'à la Taverne du Turc. Comme il allait sans cape, il marchait du côté ensoleillé de la rue, tête haute, une vieille plume rouge fichée dans la coiffe de son chapeau dont il touchait le large bord pour saluer ses connaissances, se découvrant galamment au passage des dames de qualité. Je le suivais, distrait, regardant autour de moi les jeunes vauriens qui jouaient dans la rue, les marchandes qui criaient les légumes sous les arcades et les oisifs qui prenaient le soleil en bavardant devant l'église des jésuites. Même si je n'avais jamais été par trop innocent, et si ces mois passés dans le quartier avaient eu la vertu de me dégrossir, j'étais encore un jeune chiot curieux qui découvre le monde avec des yeux remplis d'étonnement, essayant de ne pas en perdre le moindre détail. J'entendis d'abord derrière nous les sabots de deux mules et le bruit des roues d'une voiture. Au début, je n'y prêtai guère attention. Voitures et carrosses circulaient fréquemment dans cette rue qui menait à la Plaza Mayor et à l'Alcázar. Mais quand je levai les yeux, au moment où la voiture arrivait à notre hauteur, je découvris une portière sans armoiries, le visage d'une petite fille aux boucles blondes et le regard le plus bleu, le plus limpide et le plus troublant qu'il m'ait été donné de voir de toute ma vie. Ces yeux rencontrèrent les miens puis, emportés par le mouvement de la voiture, disparurent au loin. Et je fus parcouru d'un frisson, sans savoir encore très bien pourquoi. Mais j'aurais tremblé bien davantage si j'avais su que le Diable venait tout juste de me regarder.

– Puisqu'il faut nous battre, battons-nous, dit Don Francisco de Quevedo.

La table était couverte de bouteilles vides. Or, chaque fois que Don Francisco s'abandonnait aux douceurs du vin de San Martín de Valdeiglesias, ce qui lui arrivait souvent, il ne pensait plus qu'à bretter contre tous et chacun. Boiteux et mauvais coucheur, putassier, la vue courte, chevalier de Saint-Jacques, c'était un poète aussi vif avec la parole qu'avec l'épée, célèbre à la cour pour ses bons vers et son mauvais caractère. Ce qui lui valait d'aller d'exil en exil et de prison en prison. Car s'il est vrai que le bon roi Philippe IV et son favori le comte d'Olivares prisaient comme tout Madrid ses vers habiles, il leur plaisait moins d'en être les sujets. Ainsi donc, de temps en temps, après la parution de quelque sonnet ou dizain anonyme où tout le monde reconnaissait la main du poète, les alguazils et argousins du corrégidor se présentaient à la taverne, au domicile du poète, ou encore dans les lieux publics qu'il fréquentait, l'invitant respectueusement à les suivre pour le mettre à l'ombre pendant quelques jours ou quelques mois. Comme il était têtu, orgueilleux et incorrigible, ces fréquentes péripéties lui aigrissaient le caractère. Mais c'était au demeurant un excellent compagnon de table et un bon ami pour ses amis, parmi lesquels il comptait le capitaine Alatriste.

Tous deux fréquentaient la Taverne du Turc où ils tenaient salon, si l'on peut dire, à l'une des meilleures tables que Caridad la Lebrijana – qui avait été putain, et l'était encore de temps à autre avec le capitaine, mais gratis – leur réservait. Quelques habitués étaient attablés autour de Don Francisco et du capitaine ce matin-là : le licencié Calzas, Juan Vicuña, l'abbé Pérez et Fadrique le Borgne, apothicaire de Puerta Cerrada.

– Puisqu'il faut nous battre, battons-nous, insistait le poète.

Une bonne pinte de Valdeiglesias l'avait visiblement réchauffé. Il s'était levé en renversant un tabouret et, la main sur le pommeau de son épée, foudroyait du regard les occupants d'une table voisine, deux inconnus dont les longues capes et les rapières pendaient au mur. Les deux malheureux venaient de féliciter le poète pour certains vers dont l'auteur était en fait Luis de Góngora, son ennemi juré dans la République des Lettres, qu'il accusait d'être sodomite, chien et juif tout à la fois. L'erreur avait été commise de bonne foi, ou du moins c'était ce qu'il semblait. Mais Don Francisco n'était pas disposé à laisser passer l'occasion :

Pour toi j'apprêterai mes vers au lard
pour t'empêcher d'y mordre, Gongorilard...

Et il se mit à improviser, chancelant sur ses jambes, sans lâcher la poignée de son épée, pendant que les inconnus tentaient de s'excuser et que le capitaine, aidé de ses compagnons de table, retenait Don Francisco pour l'empêcher de dégainer.

– Pardieu, c'est un affront, disait le poète en essayant de libérer son bras droit, tandis que de sa main libre il ajustait sur son nez ses bésicles tordues. Six pouces d'acier, hic, sauront bien y remédier.

– C'est beaucoup de fer, si tôt le matin, Don Francisco, plaida Diego Alatriste, d'esprit plus rassis.

– Ce n'est point mon avis – sans quitter des yeux les deux autres, le poète lissait sa moustache, l'air féroce. Or donc, soyons généreux : six pouces pour chacun de ces fils de chien, ou de rien, ou plutôt de putain.

L'insulte était grave et les deux étrangers firent le geste d'aller quérir leurs épées et de sortir à la rue. Impuissants, le capitaine et les autres habitués leur demandaient de comprendre que le poète était pris de boisson, les suppliaient de vider les lieux, arguant qu'il n'y avait point de gloire à se battre contre un homme en état d'ivresse, ni déshonneur à se retirer prudemment pour éviter le pire.

– *Bella gerant alii*, fit l'abbé Pérez pour gagner du temps.

L'abbé Pérez, un jésuite, officiait dans l'église voisine de Saint-Pierre-et-Saint-Paul. Sa bonté naturelle et ses maximes latines, prononcées avec la certitude du bon sens, avaient le plus souvent un effet lénifiant. Mais les deux inconnus ne savaient pas le latin et l'insulte était quand même difficile à avaler. De plus, la médiation de l'ecclésiastique se trouva compromise par les railleries du licencié Calzas, un avocaillon à l'esprit vif, cynique et rusé qui hantait les tribunaux et dont la spécialité était de transformer une cause en un procès interminable, jusqu'à saigner à blanc les malheureux plaideurs. Le licencié raffolait des disputes et ne cessait de piquer à gauche comme à droite.

– Ne vous rabaissez pas, Don Francisco, disait-il tout bas. Faites-les payer.

Chacun se préparait donc à assister à un de ces événements dont feraient mention le lendemain les feuilles de nouvelles. Et le capitaine Alatriste, malgré tous ses efforts pour apaiser le poète, commençait à accepter l'inévitable échauffourée avec les étrangers, car jamais il n'aurait laissé seul Don Francisco dans une pareille affaire.

– *Aio te vincere posse*, conclut l'abbé Pérez, résigné, tandis que le licencié Calzas riait sous cape, le nez plongé dans un pichet de vin. Le capitaine poussa un long soupir et se leva de table. Don Francisco, qui avait déjà tiré quatre doigts de son épée, lui lança un regard amical de gratitude et eut encore la présence d'esprit de lui dédier deux vers :

Toi, dont les veines charrient le sang d'Alatriste,
cette race tienne magnifiée par ton fer…

– La paix, Don Francisco, répondit le capitaine, de méchante humeur. Battons-nous puisqu'il le faut, mais foutrebleu la paix !

– Ainsi parlent, hic, les hommes, répondit le poète, visiblement heureux de la pagaille qu'il venait de semer.

Et les autres de l'exciter de la voix, abandonnant comme l'abbé Pérez toute tentative de conciliation, et au fond enchantés par avance du spectacle. Car si Don Francisco de Quevedo, même pris de boisson, était un bretteur redoutable, l'entrée dans la ronde de Diego Alatriste ne laissait plus aucun doute sur l'issue du combat. On se mit à parier sur le nombre d'estocades que chacun des deux étrangers recevrait en partage, ignorants qu'ils étaient de ce qui les attendait.

Bref, déjà debout, le capitaine s'envoya une lampée de vin, lança un regard aux étrangers comme pour s'excuser de la tournure qu'avaient prise les événements, puis leur indiqua la rue d'un geste du menton. Mieux valait sortir. Caridad la Lebrijana craignait pour ses meubles.

– Quand il vous plaira, messieurs.

Les deux étrangers se saisirent de leurs rapières

et tous sortirent dans la rue, fort impatients de la suite, mais en évitant de tourner le dos pour éviter les mauvais coups. Tant il est vrai que la prudence est une vertu cardinale. Ils en étaient là, les épées encore dans leurs fourreaux, quand apparut à la porte, pour la plus grande déconvenue des spectateurs et au grand soulagement de Diego Alatriste, la silhouette facilement reconnaissable du lieutenant d'alguazils Martín Saldaña.

– Et voilà le trouble-fête, dit Don Francisco de Quevedo.

Puis, haussant les épaules, il ajusta ses bésicles, jeta un coup d'œil de côté, retourna à sa table, déboucha une autre bouteille, et tout s'arrêta là.

– J'ai une affaire pour toi.

Le lieutenant d'alguazils Martín Saldaña était dur et basané comme une brique. Par-dessus son pourpoint, il portait un gilet de buffle, rembourré de l'intérieur, fort pratique pour amortir les coups. Avec son épée, sa dague, son poignard et ses pistolets, il portait plus de fer sur lui que n'en contient la Biscaye. Lui aussi s'était battu en Flandre, comme Diego Alatriste et mon défunt père. Bons camarades, ils avaient connu tous les trois de longues années de peines et de misères. Mais la fortune avait fini par lui sourire : alors que mon géniteur engraissait les mauvaises herbes en terre hérétique et que le capitaine gagnait sa vie comme sicaire, un beau-frère majordome au palais et une épouse mûre mais encore belle avaient aidé Saldaña à faire son chemin à Madrid, après le licenciement des régiments de Flandre, quand le défunt roi Philippe III avait conclu une trêve avec les Hollandais. De l'intervention de son épouse, je parle sans preuves, car j'étais trop jeune pour connaître tous les détails de l'affaire. Mais la rumeur voulait qu'un certain corrégidor avait des privautés avec la susdite, ce qui avait valu à son époux d'être nommé lieutenant d'alguazils, c'est-à-dire chef du guet qui surveillait les différents quartiers de Madrid. Quoi qu'il en soit, personne n'osa jamais faire la moindre allusion devant Martín Saldaña. Cocu ou pas, chacun savait qu'il était aussi courageux qu'ombrageux. Il avait été bon soldat, ne comptait plus ses blessures et savait se faire respecter aussi bien avec les poings qu'avec une épée en bon acier de Tolède. Bref, il avait toute l'honorabilité qu'à l'époque on pouvait attendre d'un lieutenant d'alguazils. Et comme il appréciait Diego Alatriste, il essayait de lui rendre service chaque fois que l'occasion s'en présentait. C'était entre eux une amitié ancienne, professionnelle, rude comme il est naturel entre hommes de leur condition, mais réaliste et sincère.

– Une affaire, répéta le capitaine.

Ils étaient sortis dans la rue, au soleil, appuyés contre le mur, chacun avec son pichet de vin à la main, regardant passer les gens et les voitures dans la rue de Tolède. Saldaña l'observa quelques instants en caressant sa barbe poivre et sel de vieux soldat, qu'il avait bien fournie pour cacher la balafre qui allait de sa bouche à son oreille droite.

– Tu es sorti de prison il y a quelques heures et tu n'as pas un sou en poche, dit-il. Avant deux jours, tu auras accepté n'importe quel travail minable, comme d'escorter un joli cœur qui a peur de se faire tuer au coin d'une rue par le frère de sa maîtresse, ou de retailler les oreilles de quelqu'un qui n'aura pas payé son créancier. Ou bien tu te mettras à faire le tour des bordels et des tripots pour voir ce que tu pourrais bien soutirer aux étrangers et aux curés qui viennent jouer le produit du tronc de sainte Euphrasie. Tôt ou tard, tu vas te fourrer dans une vilaine affaire : un mauvais coup d'épée, une bagarre, une dénonciation. Et tu ne seras pas plus avancé qu'avant – il prit une petite gorgée de vin, ses yeux mi-clos fixés sur le capitaine. Tu trouves que c'est une vie ?

Diego Alatriste haussa les épaules.

– As-tu mieux à me proposer ?

Il regardait dans les yeux son ancien camarade des campagnes de Flandre. Tout le monde n'a pas la chance d'être lieutenant d'alguazils, semblait-il dire.

Saldaña se cura les dents avec un ongle, puis hocha deux fois la tête, de haut en bas. Tous deux savaient que les hasards de la vie auraient pu faire qu'il se trouvât exactement dans la même situation que le capitaine. Madrid regorgeait d'anciens soldats qui traînaient dans les rues et sur les places, la ceinture garnie de petits tubes de fer-blanc où ils gardaient précieusement leurs lettres de recommandation toutes froissées, leurs requêtes et leurs inutiles états de service dont tout le monde se moquait éperdument. Attendant un revirement de fortune qui ne venait jamais.

– Je suis venu te voir exprès, Diego. Quelqu'un a besoin de toi.

– De moi, ou de mon épée ?

Le capitaine tordit sa moustache, comme il avait coutume de le faire lorsqu'il voulait sourire. Saldaña éclata de rire.

– Quelle question ! Il y a des femmes qui intéressent pour leurs charmes, des curés pour leurs absolutions, des vieux pour leur argent… Mais quand il s'agit de gens comme toi et moi, il n'y a que notre épée qui vaille quelque chose – il s'arrêta, regarda d'un côté puis de l'autre, but encore une gorgée de vin et baissa un peu la voix. Il s'agit de gens de qualité. Un coup facile, avec les risques habituels, mais sans plus… Et en échange, une bourse bien garnie.

Le capitaine observait son ami d'un œil intéressé. En cet instant, le mot « bourse » aurait suffi à le faire sortir du sommeil le plus profond ou de la plus atroce des soûleries.

– Que veux-tu dire par bien garnie ?

– Soixante écus. En doublons.

– Ce n'est pas mal – les pupilles des yeux clairs de Diego Alatriste se rétrécirent. Il faut tuer ?

Saldaña fit un geste évasif en jetant un regard furtif vers la porte de la taverne.

– C'est possible, mais j'ignore les détails... Et je ne veux pas en savoir davantage, si tu vois ce que je veux dire. Tout ce que je sais, c'est qu'il s'agit d'un guet-apens. Quelque chose de discret, la nuit. Ni vu ni connu.

– Seul ou avec quelqu'un ?

– Avec quelqu'un, je suppose. Il faudra expédier deux hommes dans l'autre monde. Ou peut-être seulement leur faire très peur. Ou les marquer au visage... Va donc savoir.

– Qui sont les pigeons ?

Saldaña secoua la tête, comme s'il en avait déjà trop dit.

– Chaque chose en son temps. Et puis, je ne suis qu'un messager.

Le capitaine vida son pichet de vin, pensif. A l'époque, quinze doublons d'or, c'était plus de sept cents réaux, assez pour se remettre en selle, s'acheter du linge blanc, un costume, liquider ses dettes et mettre de l'ordre dans sa vie. Rendre un peu plus décent le misérable galetas que nous louions lui et moi à l'arrière de la taverne, à l'étage, dans une cour dont la porte donnait rue de l'Arquebuse. Manger chaud sans dépendre des cuisses généreuses de Caridad la Lebrijana.

– Et puis, ajouta Saldaña qui semblait suivre le fil de ses pensées, ce travail te mettra en rapport avec des gens importants. Des gens qui pourraient t'assurer un avenir.

– Un avenir, répéta, comme un écho, le capitaine, absorbé dans ses pensées.

II

LES HOMMES MASQUÉS

Il n'y avait pas âme qui vive dans la rue obscure. Enveloppé dans une vieille cape que lui avait prêtée Don Francisco de Quevedo, Diego Alatriste s'arrêta le long du mur et jeta autour de lui un regard circonspect. Une lanterne, lui avait dit Saldaña. De fait, une petite lanterne éclairait faiblement le renfoncement d'une porte basse derrière laquelle on devinait le toit sombre d'une maison, parmi des branches d'arbres. Il était près de minuit, l'heure fatale, quand les voisins crient *gare dessous !* et lancent leurs immondices par les fenêtres, celle où les tueurs à gages et les coupe-jarrets attendent leurs victimes dans la noirceur des rues privées de tout éclairage. Mais ici, il n'y avait pas de voisins et il semblait ne jamais y en avoir eu. Le silence était total. Des voleurs et des assassins, Diego Alatriste savait se garder. Depuis bien des années, il avait appris un principe fondamental de la vie et de la survie : celui qui le veut peut être aussi dangereux que quiconque croise son chemin. Ou même plus. Pour ce soir, ses instructions étaient claires. De l'ancienne Porte de Santa Barbara, prendre la première rue à droite jusqu'à rencontrer un mur de briques et une lumière. Jusque-là, tout allait bien. Le capitaine se mit à étudier attentivement les lieux en évitant de regarder la lanterne pour ne pas être ébloui. Finalement, après avoir palpé le gilet de buffle qu'il avait enfilé sous sa chemise pour dévier les lames inopportunes, il enfonça son chapeau sur sa tête et s'avança lentement vers la petite porte. Je l'avais vu se vêtir une heure plus tôt chez nous, avec une minutie toute professionnelle :

– Je rentrerai tard, Iñigo. Ne m'attends pas pour te coucher.

Nous avions soupé d'une panade, d'une chopine de vin et de deux œufs durs. Puis, après s'être lavé le visage et les mains dans une cuvette, et tandis que je ravaudais de vieilles chausses à la lumière d'une chandelle de suif, Diego Alatriste s'était préparé, avec les précautions que réclamaient les circonstances. Non pas qu'il redoutât un coup fourré de Martín Saldaña, mais un lieutenant d'alguazils peut lui aussi se faire berner, ou suborner. Même lorsqu'il s'agissait de vieux amis et de compagnons d'armes. Si tel avait été le cas, Alatriste ne lui en aurait d'ailleurs pas tenu excessivement rigueur. A l'époque, tout pouvait s'acheter à la cour de ce jeune roi aimable et coureur de jupons, pieux et désastreux pour la pauvre Espagne, que fut le bon Philippe IV ; tout, même les consciences. Les choses n'ont pas tellement changé depuis, soit dit en passant. Toujours est-il que le capitaine avait pris ses précautions avant d'aller à son rendez-vous. Je le vis accrocher sa dague biscayenne à son ceinturon, dans son dos, puis glisser dans sa botte droite le petit couteau de boucher qui lui avait si bien rendu service en prison. Pendant qu'il accomplissait ces gestes, j'avais observé à la dérobée son visage grave, absorbé, ses joues creusées par la lumière de la chandelle qui soulignait le féroce trait de sa moustache. Il ne semblait pas très fier de lui. Alors qu'il cherchait son épée, son regard croisa le mien. Mais ses yeux clairs s'écartèrent immédiatement, comme s'il craignait que je puisse y lire un secret inconvenant. Un instant plus tard, il me fixait de nouveau de son regard franc, un petit sourire aux lèvres.

– Il faut bien gagner son pain, petit.

Puis il ceignit son épée – jamais, sauf à la guerre, il ne voulut la porter en baudrier comme les bravaches et fanfarons –, s'assura qu'elle sortait et rentrait facilement dans le fourreau, jeta sur ses épaules la cape que Don Francisco lui avait prêtée dans l'après-midi. Nous étions en mars et les nuits étaient fraîches. Mais la cape avait aussi une autre utilité : dans ce Madrid rempli de dangers, aux rues étroites et mal éclairées, une cape était fort pratique quand il fallait se battre à l'arme blanche. En travers de la poitrine ou enroulée sur le bras gauche, elle servait de bouclier pour parer les coups de l'adversaire. Jetée sur la lame de l'ennemi, elle pouvait le gêner le temps d'allonger une bonne botte. Tout bien considéré, se battre à la loyale quand on jouait sa peau pouvait peut-être contribuer au salut de l'âme dans la vie éternelle. Mais ici-bas, sur terre, c'était le plus sûr moyen de mourir comme un idiot, avec six bons pouces d'acier dans le foie. Et Diego Alatriste n'était nullement pressé.

La lanterne éclairait la petite porte d'une lumière laiteuse quand le capitaine frappa quatre coups, comme le lui avait indiqué Saldaña. Puis il dégagea la poignée de son épée et glissa sa main gauche derrière son dos, près du pommeau de la biscayenne. Des pas se firent entendre derrière la porte qui s'ouvrit silencieusement. La silhouette d'un domestique apparut dans l'embrasure.

– Votre nom ?

– Alatriste.

Sans un mot de plus, le laquais prit une allée qui s'enfonçait entre les arbres d'un jardin, suivi d'Alatriste. La maison était ancienne et le capitaine eut l'impression qu'elle était abandonnée. Bien qu'il connût mal ce quartier de Madrid, proche du chemin de Hortaleza, il crut se souvenir des murs et du toit d'une demeure décrépite qu'il avait aperçue un jour en passant.

– Veuillez attendre qu'on vous appelle.

Le domestique venait de le faire entrer dans une petite pièce dépourvue de tout meuble où un candélabre posé à terre éclairait des tableaux anciens accrochés aux murs. Dans un coin de la pièce, un homme attendait lui aussi, habillé tout de noir, enveloppé dans une cape et coiffé d'un chapeau à large bord. Il ne fit aucun geste en voyant entrer le capitaine et quand le domestique – qui, à la lumière des bougies, se révéla être un homme d'âge moyen, sans livrée qui permît de l'identifier – se retira, il resta immobile, comme une statue noire, observant le nouveau venu. La seule chose vivante que l'on voyait entre sa cape et son chapeau était ses yeux, très noirs et brillants, que la lumière à ras du sol illuminait dans l'ombre, leur donnant une expression menaçante et fantomatique. D'un coup d'œil exercé, Diego Alatriste examina les bottes de cuir et la pointe de l'épée qui soulevait un peu la cape de l'inconnu. Son aplomb était celui d'un spadassin, ou d'un soldat. Ni l'un ni l'autre n'ouvrirent la bouche et ils restèrent là, immobiles et silencieux, de part et d'autre du candélabre qui les éclairait d'en bas, s'étudiant pour savoir s'ils avaient affaire à un ami ou à un ennemi, quoique dans la profession d'Alatriste, ils eussent parfaitement pu être les deux à la fois.

– Je ne veux pas de morts, dit le plus grand des hommes masqués.

Robuste, large d'épaules, il était resté seul couvert, coiffé d'un chapeau sans plumes ni rubans. Sous le masque qui dissimulait son visage sortait la pointe d'une barbe drue et noire. Ses vêtements sombres étaient de belle qualité, avec poignets et col en fine dentelle de Hollande et, sous la cape qu'il avait jetée sur ses épaules, on voyait briller une chaîne d'or et le pommeau doré d'une épée. Il parlait comme un homme habitué à commander et à être obéi sur-le-champ, ce que confirmait la déférence dont son compagnon faisait preuve à son endroit : un homme de taille moyenne au visage rond et aux cheveux clairsemés, vêtu d'une robe sombre qui cachait ses vêtements. Les deux hommes masqués avaient reçu Diego Alatriste et l'inconnu en noir après les avoir fait attendre une bonne demi-heure dans l'antichambre.

– Pas de morts et pas de sang, insista le plus fort des deux hommes. Ou alors, le moins possible.

L'homme à la tête ronde leva les deux mains. Diego Alatriste vit qu'il avait les ongles sales et que ses doigts étaient tachés d'encre, comme ceux de quelqu'un qui fait métier d'écrire. Mais il portait une grosse bague en or au petit doigt de la main gauche.

– Une légère piqûre, tout au plus, l'entendirent-ils suggérer d'une voix prudente. De quoi justifier l'affaire.

– Mais seulement au plus blond des deux, précisa l'autre.

– Naturellement, Excellence.

Alatriste et l'homme à la cape noire échangèrent un regard entendu, comme s'ils se consultaient sur la portée du mot « piqûre » et sur la possibilité, plutôt lointaine, de pouvoir distinguer un homme blond d'un autre au beau milieu d'une échauffourée, et en pleine nuit. Imaginez la scène : Auriez-vous, Monsieur, la bonté de vous mettre à la lumière et de vous décoiffer, merci, je vois que vous êtes le plus blond, permettez que je vous introduise six pouces d'acier de Tolède dans le ventre. Enfin. L'homme en noir s'était découvert en entrant, et Alatriste pouvait maintenant voir son visage à la lumière de la lanterne posée sur la table qui éclairait les quatre hommes et les murs d'une vieille bibliothèque poussiéreuse, où les souris devaient s'en donner à cœur joie : il était grand, maigre et silencieux. Sans doute dans la trentaine, le visage grêlé par la petite vérole. Sa moustache fine et bien taillée lui donnait un air singulier, étranger. Ses yeux et ses cheveux qui lui tombaient jusqu'aux épaules étaient noirs comme tous ses vêtements. Il portait à la ceinture une épée munie d'une énorme coquille ronde aux longs quillons d'acier que seul un bretteur consommé pouvait se permettre d'exposer aux railleries, sachant qu'il avait le courage et l'adresse nécessaires pour être à la hauteur de si formidable flamberge. Mais l'homme n'avait nullement l'air de quelqu'un qui aurait supporté qu'on se moquât de lui. Il était le portrait incarné du spadassin et de l'assassin.

– Il s'agit de deux gentilshommes étrangers, jeunes – continua l'homme masqué à la tête ronde. Ils voyagent incognito. Inutile donc de vous faire connaître leurs noms et leur condition véritables. Le plus âgé se fait appeler Thomas Smith et il n'a pas plus de trente ans. L'autre, John Smith, à peine vingt-trois ans. Ils entreront dans Madrid à cheval, seuls, dans la nuit de demain vendredi. Fatigués, je suppose, car ils voyagent depuis plusieurs jours. Nous ignorons par quelle porte ils passeront. Le plus sûr est donc de les attendre près de leur destination, la Maison aux sept cheminées… La connaissez-vous ?

Diego Alatriste et son compagnon firent un signe de tête. Tout le monde à Madrid connaissait l'hôtel du comte de Bristol, ambassadeur d'Angleterre.

– On devra croire – continua l'homme masqué – que les deux voyageurs se sont fait attaquer par de vulgaires coupe-jarrets. Il faudra donc dérober tout ce qu'ils portent sur eux. Il serait bon aussi que le plus blond et le plus arrogant des deux, le plus âgé, soit légèrement blessé. Une estafilade à une jambe ou à un bras, mais sans gravité. Quant au plus jeune, il suffira de l'effrayer et de le laisser aller – celui qui parlait se tourna légèrement vers son compagnon, comme s'il attendait son approbation. Il faudra aussi leur prendre tous les documents et lettres qu'ils pourraient avoir sur eux et nous les faire remettre sans faute.

– A qui devrons-nous les remettre ? demanda Alatriste.

– A quelqu'un qui vous attendra de l'autre côté du couvent des carmes déchaussés. Votre mot de passe sera *Garde suisse*.

Tandis qu'il parlait, l'homme à la tête ronde glissa la main sous la robe sombre qui recouvrait son costume et sortit une petite bourse. Un instant, Alatriste crut entrevoir sur sa poitrine l'extrémité de la croix de l'ordre de Calatrava, brodée en rouge, mais son attention fut bientôt détournée par l'argent que l'homme masqué déposait sur la table : la lumière de la lanterne faisait reluire cinq doublons pour son compagnon, cinq autres pour lui. Des pièces neuves, bien polies. Vrai gentilhomme que celui-là, aurait dit Don Francisco de Quevedo, s'il avait eu voix au chapitre. Métal béni, récemment frappé à l'écu de Sa Majesté. Bénédiction du ciel qui allait lui permettre de se procurer gîte, couvert et vêtements, plus la chaleur d'une femme…

– Il manque dix pièces d'or, dit le capitaine. Pour chacun.

– L'homme qui vous attendra demain vous remettra le reste, en échange des documents des voyageurs, répondit l'autre sèchement.

– Et si les choses tournent mal ?

Derrière le masque, les yeux de l'homme corpulent que son compagnon avait appelé Excellence semblèrent vouloir transpercer le capitaine.

– Il serait de beaucoup préférable, pour tout le monde, que ce ne soit pas le cas, dit-il d'une voix où pointait une menace.

L'intimidation était sûrement monnaie courante pour cet homme. Et il sautait aussi aux yeux qu'il était de ceux qui n'ont besoin de menacer qu'une seule fois, et le plus souvent pas du tout. Alatriste redressa pourtant une pointe de sa moustache en soutenant le regard de l'autre, l'air renfrogné, solidement campé sur ses deux jambes, décidé à ne se laisser impressionner ni par une Excellence ni par le Sursum Corda. Il détestait qu'on ne le paye pas en totalité, et plus encore que deux inconnus masqués lui fissent la leçon, en pleine nuit et à la lumière d'une lanterne, sans lui payer tout son dû. Mais l'homme au visage marqué par la petite vérole, moins vétilleux, semblait s'intéresser à autre chose :

– Et les bourses de nos pigeons ? l'entendit-il demander. Devrons-nous aussi les remettre ?

Italien, se dit le capitaine en entendant son accent. L'homme parlait d'une voix basse et grave, presque sur le ton de la confidence, mais avec quelque chose d'étouffé et de rauque qui produisait un vague malaise. Comme si on lui avait brûlé les cordes vocales à l'alcool pur. Il parlait sur un ton respectueux, mais il y avait comme une fausse note dans sa voix. Une espèce d'insolence dissimulée qui n'en était que plus inquiétante. Il regardait les deux hommes masqués avec un sourire à la fois amical et sinistre sous sa moustache bien taillée. On l'imaginait sans peine avec le même rictus en train de déchirer de son épée les vêtements d'un client et la chair qu'ils recouvraient. Un sourire à ce point sympathique qu'il faisait froid dans le dos.

– Ce ne sera pas nécessaire, répondit l'homme à la tête ronde après avoir interrogé du regard son compagnon. Vous pourrez garder les bourses si vous le désirez. Pour votre peine.

L'Italien siffla entre ses dents un air qui ressemblait à une chaconne, quelque chose comme *tiruli-ta-ta,* qu'il répéta une deuxième fois en regardant en coin le capitaine :

– Il me semble que ce travail va me plaire.

Son sourire avait disparu et s'était réfugié dans ses yeux noirs qui se mirent à briller d'une lueur dangereuse. C'était la première fois qu'Alatriste voyait sourire Gualterio Malatesta. Et à propos de cette rencontre, prélude à une série aussi longue que mouvementée, le capitaine devait me raconter plus tard que si quelqu'un lui avait souri de cette façon dans une venelle déserte, il n'aurait pas attendu la deuxième grimace pour dégainer avec la rapidité de l'éclair. Croiser ce personnage, c'était ressentir la nécessité impérieuse de le prendre de vitesse, pour l'empêcher de vous devancer de façon irréparable. Imaginez un serpent complice et dangereux dont on ne sait jamais de quel côté il est, jusqu'au moment où l'on découvre qu'il ne connaît que son intérêt et qu'il se soucie du reste comme d'une guigne. Un de ces hommes mauvais, fuyants, à l'âme obscure et sinueuse, qui vous donnent la certitude absolue qu'il ne faut jamais baisser la garde et que mieux vaut leur porter tout de suite un bon coup d'épée, avant qu'ils ne vous prennent de court.

L'homme corpulent n'était pas bavard. Il attendit encore un moment en silence, écoutant attentivement les dernières explications que son compagnon à la tête ronde donnait à Diego Alatriste et à l'Italien. Une ou deux fois, il hocha la tête, puis fit demi-tour et se dirigea vers la porte.

– Pas trop de sang, l'entendirent-ils préciser une dernière fois quand il eut atteint le seuil.

A son comportement et surtout au profond respect que lui témoignait l'autre homme masqué, le capitaine déduisit que celui qui venait de sortir était un personnage de la plus haute importance. Il y pensait encore lorsque l'homme à la tête ronde posa une main sur la table et, de derrière son masque, fixa les deux spadassins avec une attention extrême. Il y avait dans ses yeux une lueur nouvelle et inquiétante, comme s'il n'avait pas encore tout dit. Le silence s'appesantit dans la pièce où jouaient les ombres. Alatriste et l'Italien s'observèrent un instant du coin de l'œil, sans dire un mot, attendant la suite. Devant eux, immobile, l'homme masqué semblait attendre quelque chose, ou quelqu'un.

La réponse vint un moment plus tard quand une tapisserie dissimulée dans l'ombre de la pièce, entre les rayons de la bibliothèque, s'écarta pour révéler une porte dérobée par laquelle apparut une silhouette sombre et sinistre qu'un homme moins trempé que Diego Alatriste aurait pu prendre pour une apparition. Le nouveau venu fit quelques pas et la lumière de la lanterne posée sur la table éclaira son visage, révélant des joues creuses et sans barbe au-dessus desquelles brillaient des yeux fébriles surmontés d'épais sourcils. Il était vêtu de l'habit noir et blanc des dominicains et ne portait pas de masque : ses yeux brillants donnaient une expression de fermeté fanatique à son visage maigre et ascétique. Il devait avoir une cinquantaine d'années. Ses cheveux gris et courts étaient largement tonsurés sur le dessus de la tête. Ses mains, qu'il avait sorties des manches de son habit en entrant dans la pièce, étaient sèches et décharnées, comme celles d'un cadavre. Glacées comme la mort.

L'homme à la tête ronde se retourna vers le religieux avec une extrême déférence :

– Votre Révérence a tout entendu ?

Le dominicain hocha sèchement la tête en toisant Alatriste et l'Italien. Puis il se retourna vers l'homme masqué et celui-ci, comme si ce geste avait été un signe ou un ordre, s'adressa de nouveau aux deux spadassins.

– L'homme qui vient de sortir, dit-il, est digne de toute notre considération. Mais il n'est pas seul à mener cette affaire et il serait utile de nuancer ici plusieurs petites choses.

L'homme masqué échangea un bref regard avec le religieux, attendant son approbation. Mais l'autre resta de glace.

– Pour des motifs politiques de la plus haute importance, reprit-il, et en dépit de tout ce que l'homme qui vient de sortir a pu nous dire, les deux Anglais doivent être mis hors d'état de nuire de façon – il fit une pause, comme s'il cherchait ses mots sous son masque – ... radicale – il lança encore un rapide coup d'œil au religieux. Définitive.

– Ce qui veut dire... commença Diego Alatriste qui préférait les choses claires.

Le dominicain qui avait écouté en silence et semblait s'impatienter, l'arrêta en levant une main osseuse.

– Ce qui veut dire que les deux hérétiques doivent mourir.

– Les deux ?

– Les deux.

A côté d'Alatriste, l'Italien recommença à siffloter sa chansonnette entre ses dents, *tiruli-ta-ta*. Il souriait, à la fois curieux et amusé. Perplexe, le capitaine regardait l'argent posé sur la table. Il réfléchit un peu, puis haussa les épaules.

– Pour moi, c'est du pareil au même, dit-il. Et mon compagnon ne semble pas y voir trop d'inconvénients lui non plus.

– C'est un plaisir, répliqua l'Italien, toujours souriant.

– Ce sera même plus facile, ajouta Alatriste, calmement. La nuit, blesser un ou deux hommes demande plus de travail que de les mettre hors d'état de nuire.

– Beaucoup plus facile, renchérit l'autre.

Le capitaine regardait l'homme au masque.

– Une seule chose me préoccupe, dit Alatriste. Le gentilhomme qui vient de sortir semble être une personne de qualité et il a bien dit qu'il ne voulait pas de morts… J'ignore ce qu'en pense mon compagnon, mais je ne souhaiterais pas indisposer une personne que vous-même avez appelée Excellence, simplement pour vous être agréable.

– Si c'est une question d'argent…, dit l'homme masqué après une légère hésitation.

– Il serait bon de préciser combien.

– Encore dix pièces. Avec les dix qu'on vous donnera et les cinq qui sont sur la table, vous aurez chacun vingt-cinq doublons. Plus les bourses de messires Thomas et John Smith.

– Cela me convient, fit l'Italien.

A n'en pas douter, deux hommes ou vingt, blessés, morts ou à l'escabèche ne lui faisaient ni chaud ni froid. De son côté, Alatriste resta songeur un instant, puis secoua la tête. C'était trop pour simplement trouer la peau de deux inconnus. L'affaire sentait mauvais : trop bien payée pour ne pas être inquiétante. Son instinct de vieux soldat lui faisait flairer le danger.

– Ce n'est pas une question d'argent.

– Les bonnes lames ne manquent pas à Madrid, insinua l'homme au masque, irrité.

Et le capitaine n'aurait pu dire s'il parlait de lui trouver un remplaçant ou de lui régler son compte s'il refusait les nouvelles conditions. La possibilité qu'il pût s'agir d'une menace lui déplut. Machinalement, il redressa sa moustache de la main droite, tandis que la gauche s'appuyait doucement sur le pommeau de son épée. Le geste ne passa pas inaperçu.

Le religieux se tourna alors vers Alatriste. Son visage d'ascète fanatique s'était durci et ses yeux profondément enfoncés dans leurs orbites transperçaient son interlocuteur, arrogants.

– Je suis, dit-il d'une voix désagréable, le père Emilio Bocanegra, président du tribunal de la Sainte Inquisition.

On aurait pu croire qu'un vent glacé venait de parcourir la pièce de part en part. Puis, sur le même ton, le religieux expliqua à Diego Alatriste et à l'Italien, en quelques mots bien sentis, pourquoi il n'avait pas besoin de porter de masque ni de cacher son identité ni de venir à eux comme un larron en pleine nuit, car le pouvoir que Dieu avait placé entre ses mains suffisait pour anéantir sur-le-champ tout ennemi de notre sainte mère l'Église et de Sa Majesté catholique le roi d'Espagne. Alors que ses interlocuteurs avalaient ostensiblement leur salive, il fit une pause pour s'assurer de l'effet de ses paroles, puis continua.

– Vous avez des mains de mercenaires et de pécheurs. Elles sont souillées de sang, comme vos épées et vos consciences. Mais les voies du Seigneur sont impénétrables.

Les deux hommes à qui s'adressaient ces paroles échangèrent un regard inquiet pendant que le religieux continuait son discours. Cette nuit, disait-il, on vous confie une tâche d'inspiration divine, etc. Vous l'accomplirez scrupuleusement, car vous servirez ainsi la justice de Dieu. Si vous vous dérobez, si vous vous déchargez de votre fardeau, la colère de Dieu tombera sur vous par l'entremise du terrible bras du Saint-Office. Nous nous retrouverons.

Sur ce, le dominicain se tut et personne n'osa plus ouvrir la bouche. Jusqu'à l'Italien qui en oublia sa chansonnette, ce qui n'était pas rien. Dans l'Espagne d'alors, se brouiller avec la Sainte Inquisition, c'était s'exposer à la prison, voire à la torture ou au bûcher. Les hommes les plus vaillants en venaient à trembler à la simple mention du Saint-Office. Et Diego Alatriste, comme tout un chacun à Madrid, connaissait bien la réputation d'homme implacable du père Emilio Bocanegra, président du Conseil des sept juges, dont l'influence s'étendait jusqu'au Grand Inquisiteur et aux couloirs privés de l'Alcázar. Une semaine plus tôt, pour *crimen pessimum*, c'est-à-dire crime de sodomie, le père Bocanegra avait convaincu la justice de brûler sur la Plaza Mayor quatre jeunes domestiques du comte de Monteprieto qui s'étaient accusés l'un l'autre sur le chevalet de torture de l'Inquisition. Quant au comte, un aristocrate d'âge mûr, célibataire et mélancolique, son titre de grand d'Espagne lui avait permis d'échapper de justesse à un sort semblable. Le roi s'était contenté de confisquer ses biens et de l'exiler en Italie. L'impitoyable père Bocanegra avait personnellement pris part au procès et son triomphe venait d'asseoir le terrible pouvoir qu'il avait à la cour. Jusqu'au comte d'Olivares, le favori du roi, qui tentait de rester en bons termes avec le féroce dominicain.

Ce n'était pas le moment de vaciller. Avec un soupir intérieur, le capitaine Alatriste comprit que le sort des deux Anglais, quel que fût leur rang et malgré les bonnes intentions de l'homme corpulent qui leur avait parlé un moment plus tôt, était déjà réglé sans appel. Ils avaient indisposé l'Église et il eût été aussi vain que périlleux de continuer à discuter.

– Que faudra-t-il faire ? demanda-t-il finalement, résigné à l'inévitable.

– Les tuer sans pitié, répondit aussitôt le père Emilio, le regard ravagé par un feu satanique.

– Sans savoir qui ils sont ?

– Nous vous avons déjà dit qui ils étaient, répliqua l'homme masqué à la tête ronde. Messire Thomas et messire John Smith. Des voyageurs anglais.

– Et des anglicans impies, ajouta le religieux, d'une voix pleine de rage. Mais peu importe leur identité. Il suffit qu'ils appartiennent à un pays d'hérétiques et à une race perfide, funeste pour l'Espagne et la religion catholique. En leur faisant subir la justice de Dieu, vous rendrez un précieux service à Notre-Seigneur et à la couronne.

Le religieux sortit alors une autre bourse contenant vingt pièces d'or et la jeta dédaigneusement sur la table.

– Voyez, messieurs, ajouta-t-il, qu'à la différence de la justice terrestre, la justice divine paie d'avance. Mais elle ne manque jamais de réclamer son dû – et il regarda le capitaine et l'Italien comme s'il voulait graver leurs traits dans sa mémoire. Rien n'échappe à ses yeux et Dieu sait fort bien où réclamer ses dettes.

Diego Alatriste hocha la tête, feignant d'acquiescer, et ce geste dissimula le frisson qui le parcourut alors, malgré tout son courage. La lumière de la lanterne donnait un aspect diabolique au religieux et ses paroles menaçantes auraient suffi à ébranler le plus valeureux des hommes. A côté du capitaine, l'Italien était tout pâle. Il ne souriait plus et son *tiruli-ta-ta* s'était éteint sur ses lèvres. Quant à l'homme masqué à la tête ronde, il n'osait plus ouvrir la bouche.

III

UNE JEUNE DEMOISELLE

On dit que la vraie patrie d'un homme est son enfance. Et il est vrai que je me souviens encore avec nostalgie de la Taverne du Turc, malgré le temps passé. Elle a disparu, comme le capitaine Alatriste et les années hasardeuses de ma jeunesse. Mais, à l'époque de Philippe IV, cette taverne était l'une des quatre cents auxquelles les soixante-dix mille habitants de Madrid pouvaient accourir pour étancher leur soif – soit une taverne pour cent soixante-quinze personnes –, sans compter les tripots, les maisons de tolérance et autres établissements publics à la morale relâchée ou équivoque qui, dans cette Espagne paradoxale et singulière, étaient aussi fréquentés que les églises, et souvent par les mêmes gens.

Située à l'angle des rues de Tolède et de l'Arquebuse, à cinq cents pas de la Plaza Mayor, la Taverne du Turc était un de ces endroits où l'on allait manger, boire et se réchauffer les pieds. Les deux pièces où nous vivions, Diego Alatriste et moi, se trouvaient à l'étage et, d'une certaine façon, ce bouge nous servait de salle de séjour. Le capitaine aimait y descendre et s'y asseoir quand il n'avait pas mieux à faire, ce qui était le plus clair du temps. Malgré l'odeur de graillon, la fumée de la cuisine, la saleté du sol et des tables, et les souris qui couraient, poursuivies par le chat ou en quête de quelques reliefs, l'endroit était confortable. On s'y divertissait aussi, car il était fréquenté par les voyageurs de la poste, les magistrats, les greffiers, les officiers de justice, les fleuristes et les marchands des places toutes proches de la Providence et de la Cebada, ainsi que par d'anciens soldats attirés par la proximité des grandes rues et du parvis de San Felipe où tout Madrid accourait aux nouvelles. Sans parler de la beauté – un peu fanée mais encore splendide – et de la réputation acquise de longue date de la maîtresse de céans, de son vin de Valdemoro, de son muscat et de son San Martín de Valdeiglesias qui fleurait si bon. Tant mieux si l'établissement avait une porte à l'arrière qui donnait sur une cour et sur une autre rue, fort utile pour esquiver les alguazils, les argousins, les créanciers, les poètes, les amis en manque d'argent et tous les autres fâcheux. Quant à Diego Alatriste, la table que Caridad la Lebrijana lui réservait près de la porte était commode et ensoleillée. Outre le vin, elle lui apportait parfois de la cuisine des beignets à la viande ou des rillons. De sa jeunesse, dont il ne disait jamais un mot, le capitaine avait conservé un certain goût pour la lecture et il n'était pas rare de le voir assis à sa table, seul, épée et chapeau accrochés à un clou fiché dans le mur, en train de lire la dernière œuvre de Lope de Vega – son auteur favori – que l'on donnait dans les théâtres du Prince ou de la Croix, ou encore une de ces gazettes ou feuilles satiriques et anonymes qui circulaient à Madrid en cette époque à la fois magnifique, décadente, funeste et géniale, mettant en charpie autant le favori du roi que la monarchie ou Vénus, et dans lesquelles Alatriste reconnaissait souvent le génie corrosif et le mauvais caractère proverbial de son ami, l'irréductiblement grognon et populaire poète Don Francisco de Quevedo :

Ci-gît messire de la Florida
dont, dit-on, tira bon profit
Satan de sa vie.
Nul con jamais ne l'attira.
Il fut l'ennemi d'Hérode et de sa tribu,

non pour son massacre des innocents,
mais parce que tous ces si beaux enfants,
il les fit égorger sans les avoir foutus.

Et autres gentillesses du même style. Je suppose que ma pauvre veuve de mère, là-bas dans son petit village basque, n'aurait pas été très tranquille de savoir en quelles étranges compagnies me mettaient mes fonctions de page du capitaine. Mais pour le jeune Iñigo Balboa, alors âgé de treize ans, ce fascinant spectacle était aussi une singulière école de vie. J'ai déjà dit plus haut que Don Francisco, le licencié Calzas, Juan Vicuña, l'abbé Pérez, l'apothicaire Fadrique et les autres amis du capitaine fréquentaient la taverne où ils s'empêtraient dans d'interminables discussions sur la politique, le théâtre, la poésie ou les femmes, et n'oubliaient jamais de commenter les nombreuses guerres dans lesquelles s'était trouvée ou se trouvait encore mêlée notre pauvre Espagne, puissante et redoutée à l'extérieur, mais mortellement frappée au plus profond d'elle-même. Des guerres dont l'Estremadurien Juan Vicuña reproduisait habilement les champs de bataille sur la table avec des morceaux de pain, des couverts et des pichets de vin, lui qui passait pour un stratège consommé depuis qu'il avait servi comme sergent de cavalerie et qu'il avait reçu une blessure à Nieuport. Les guerres étaient redevenues d'actualité car, à l'époque de l'affaire des hommes masqués et des Anglais, il y avait deux ou trois ans, si je me souviens bien, que les hostilités avaient repris aux Pays-Bas, à l'expiration de la trêve de douze ans que le défunt et pacifique roi Philippe III, père de notre jeune monarque, avait conclue avec les Hollandais. Cette longue trêve était précisément la raison pour laquelle tant d'anciens soldats oisifs parcouraient l'Espagne et le reste du monde, grossissant les rangs des fanfarons, des matamores et des sicaires prêts à louer leurs bras pour accomplir n'importe quelle sinistre besogne. Diego Alatriste était du nombre. Mais le capitaine appartenait à la catégorie des silencieux et personne ne l'entendit jamais se vanter de ses campagnes ou de ses blessures, contrairement à tant d'autres. Quand le tambour du vieux Tercio espagnol s'était remis à battre, Alatriste, comme mon père et bien d'autres vaillants hommes, s'était empressé de s'enrôler de nouveau sous les ordres de son ancien général, Don Ambrosio Spínola, pour se battre dans ce qui allait être le début de la guerre de Trente Ans. Et il aurait continué à servir, n'eût été la très grave blessure qu'il avait reçue à Fleurus. Quoi qu'il en soit, même si la guerre contre la Hollande et le reste de l'Europe occupait les conversations, je n'entendis que bien rarement le capitaine parler de sa vie de soldat. Je ne l'en admirais que plus, accoutumé que j'étais à écouter ces matamores qui s'inventaient une campagne de Flandre, passaient la journée à parler haut et fort de leurs soi-disant prouesses en faisant sonner la pointe de leur épée à la Puerta del Sol ou dans la rue Montera, ou se pavanaient sur le parvis de San Felipe, la ceinture garnie de ces tubes de fer-blanc dans lesquels ils gardaient leurs états de service et les témoignages de leur bravoure au combat, tous plus faux que des doublons de plomb.

Il avait plu un peu, très tôt le matin, et du sol de la taverne, encore souillé de boue, montait cette odeur d'humidité et de sciure que l'on sent dans les lieux publics après la pluie. Le ciel se dégageait et un rayon de soleil, d'abord timide, puis plus sûr de lui, éclairait la table autour de laquelle Diego Alatriste, le licencié Calzas, l'abbé Pérez et Juan Vicuña s'étaient restaurés. J'étais assis sur un tabouret près de la porte et je m'exerçais à écrire avec une plume d'oie, un encrier et une main de papier que le licencié m'avait apportés à la demande du capitaine.

– Comme cela, il pourra s'instruire et étudier les lois pour dépouiller les plaideurs de leurs derniers maravédis, comme vous le faites vous autres avocats, écrivains publics et autres gens de mauvaise vie.

Calzas s'était mis à rire. La nature l'avait doté

d'un excellent caractère et d'une espèce de bonne humeur cynique qui résistait à tout. L'amitié confiante qui le liait à Diego Alatriste était ancienne.

– Vous ne sauriez dire plus vrai, avait-il opiné, rieur, en m'adressant un clin d'œil. Iñigo, la plume rapporte plus que l'épée.

– *Longa manus calami*, fit le jésuite.

La maxime recueillit l'assentiment de tous, soit qu'ils fussent d'accord, soit qu'ils voulussent cacher leur ignorance du latin. Le lendemain, le licencié m'avait apporté une écritoire, sans doute habilement soustraite dans quelque tribunal où il gagnait bien sa vie grâce aux pots-de-vin attachés à sa charge. Alatriste ne dit rien et ne me conseilla point quant à l'usage que je devrais faire de la plume, du papier et de l'encre. Mais je lus une lueur d'approbation dans ses yeux tranquilles quand il vit que je m'asseyais à côté de la porte pour m'exercer à la calligraphie. Ce que je fis en copiant des vers de Lope de Vega que j'avais entendu le capitaine réciter plusieurs fois, les nuits où la blessure de Fleurus le tourmentait plus que d'ordinaire :

Point n'est encore là le vilain
qui m'avait promis de venir
pour être honoré de mourir
de ma fière et très noble main…

Vers qui me paraissaient fort beaux, même si le capitaine riait de temps en temps entre ses dents quand il les récitait, peut-être pour dissimuler les douleurs de sa vieille blessure. De même que ceux-ci, entendus eux aussi durant les nuits blanches de Diego Alatriste, que je m'appliquais également à écrire ce matin-là :

Corps à corps je dois le tuer
là où le verra tout Séville,
en rue et place de la ville ;
car celui qui tue sans lutter
personne ne peut le disculper ;
gagne bien plus celui qui meurt
par traîtrise, que son tueur.

Je venais d'écrire la dernière ligne quand le capitaine, qui s'était levé pour prendre un peu d'eau de la jarre, se saisit du papier et y jeta un coup d'œil. Debout à côté de moi, il lut les vers en silence, puis me regarda longuement : un de ces regards que je lui connaissais bien, sereins, prolongés, aussi éloquents que pouvaient l'être toutes les paroles que je m'étais habitué à lire sur ses lèvres sans qu'il les prononçât jamais. Je me souviens que le soleil, qui hésitait encore à se montrer entre les toits de la rue de Tolède, allongea un rayon qui illumina le reste des feuilles posées sur mes genoux. Les yeux verts, presque diaphanes, du capitaine, se fixèrent sur moi, tandis que séchait l'encre encore fraîche des vers qu'il tenait entre ses mains. Il ne sourit pas, ne fit aucun geste. Il me rendit la feuille sans un mot et revint à la table. Mais je le vis encore m'adresser un long regard avant qu'il ne retourne se mêler à la conversation de ses amis.

Puis arriva Fadrique le Borgne, l'apothicaire. Fadrique venait de son officine de Puerta Cerrada où il avait préparé des remèdes pour ses clients, tant et si bien qu'il avait le gosier embrasé par les vapeurs, les mixtures et les poudres médicinales. Sitôt arrivé, il lampa une chopine de vin de Valdemoro tout en expliquant au père Pérez les propriétés laxatives de l'écorce de la noix d'Hindoustan. Sur ces entrefaites apparut Don Francisco de Quevedo, les chaussures couvertes de boue.

La boue, qui me sert, me conseille…

Il grommelait, mécontent. Il s'arrêta à côté de moi, redressa ses bésicles, jeta un œil sur les vers que je copiais et haussa les sourcils, satisfait, dès qu'il vit qu'ils n'étaient ni d'Alarcón ni de Góngora. Puis il s'en fut de cette démarche claudicante que lui donnaient ses pieds tordus – il les avait ainsi de naissance, mais son infirmité ne l'empêchait d'être ni un homme agile ni une fine lame – pour s'asseoir avec le reste de ses amis à la table où il s'empara du premier pichet de vin venu.

Donne-moi, ne sois pas gardeur,
du clair Bacchus la divine liqueur.

Il s'était adressé à Juan Vicuña. Comme je l'ai dit, celui-ci était un ancien sergent de cavalerie, un homme très fort qui avait perdu la main droite à Nieuport. Il vivait de sa pension qui consistait en un permis d'exploiter une petite maison de jeu. Vicuña passa un pichet de Valdemoro à Don Francisco, qui préférait pourtant le blanc de Valdeiglesias mais le vida d'un trait, sans respirer.

– Et qu'en est-il du mémoire ? demanda Vicuña.

Le poète s'essuya la bouche du revers de la main. Quelques gouttes de vin étaient tombées sur la croix de Saint-Jacques brodée sur le devant de son pourpoint noir.

– Je crois, dit-il, que Philippe le Grand s'en est servi pour se torcher le cul.

– C'est quand même un honneur, fit observer le licencié Calzas.

Don Francisco se saisit d'un autre pichet.

– En tout cas – il fit une pause, le temps de boire un peu –, tout l'honneur est pour son cul royal. Le papier était bon, un demi-ducat la rame. Et je l'avais rédigé de ma plus belle écriture.

Il était assez contrarié, car les choses allaient plutôt mal pour lui, pour sa prose, pour sa poésie autant que pour ses finances. Quelques semaines plus tôt à peine, Philippe IV avait bien voulu annuler l'ordre d'emprisonnement puis d'exil qui pesait sur lui depuis la disgrâce, deux ou trois ans plus tôt, de son ami et protecteur le duc d'Osuna. Enfin réhabilité, Don Francisco avait pu rentrer à Madrid. Mais il était à court d'argent et le mémoire qu'il avait adressé au roi et dans lequel il demandait qu'on lui restituât l'ancienne pension de quatre cents écus qu'on lui devait pour ses services en Italie – il avait été espion à Venise dont il s'était enfui tandis que deux de ses comparses étaient exécutés – était tombé dans l'oreille d'un sourd. Tout cela ne faisait qu'exciter davantage l'humeur déjà chagrine d'un homme qui avait le génie de toujours s'attirer des ennuis.

– *Patientia lenietur princeps*, dit l'abbé Pérez pour le consoler. La patience apaise le souverain.

– Eh bien moi, elle m'échauffe la bile, révérend père.

Le jésuite regardait autour de lui d'un air soucieux. Chaque fois qu'un de ses amis se mettait en difficulté, il incombait à l'abbé Pérez de le justifier devant les autorités, comme homme d'Église qu'il était. Il absolvait même parfois ses amis *sub conditione*, à leur insu. Par traîtrise, disait le capitaine. Moins tortueux que le commun des membres de son ordre, l'abbé Pérez se croyait souvent tenu de jouer le rôle d'arbitre dans les querelles. C'était un bon théologien qui avait vécu et comprenait les faiblesses humaines. Il était d'un naturel extraordinairement paisible et avait la conscience large comme la manche d'un cordelier. Son église se trouvait donc fort fréquentée par des femmes venues se faire pardonner leurs péchés, attirées qu'elles étaient par sa réputation d'homme peu rigoureux au tribunal de la pénitence. Quant aux habitués de la Taverne du Turc, ils ne parlaient jamais devant lui d'affaires troubles ni de femmes. Telle était la règle qu'il fallait respecter pour jouir de sa compagnie, de sa compréhension et de son amitié. Quand ses supérieurs lui reprochaient de fréquenter une taverne en compagnie de poètes et de spadassins, il avait coutume de leur répondre que les saints obtiennent le salut sans l'aide de personne, alors qu'il faut aller chercher les pécheurs où qu'ils se trouvent. J'ajouterai à son honneur que c'est à peine s'il touchait au vin et que jamais je ne l'entendis médire, ce qui, dans l'Espagne d'alors comme dans celle d'aujourd'hui, avait quelque chose d'insolite, même pour un ecclésiastique.

– Soyons prudents, monsieur Quevedo, ajouta-t-il en latin. Vous n'êtes pas dans une situation qui vous permette de murmurer à haute voix.

Don Francisco regarda le prêtre en rajustant ses bésicles.

– Murmurer, moi ?... Vous vous trompez, mon père. Je ne murmure pas, *j'affirme*, et à haute voix.

Debout, tourné vers le reste de l'assistance, il récita alors d'une voix sonore et claire d'homme instruit :

Point ne me tairai, même si ton doigt
touche tantôt ton front, tantôt ta bouche,
conseillant silence, éveillant effroi.
N'y a-t-il pas, morbleu, d'esprit farouche ?
Doit-on toujours sentir ce que l'on dit ?
Ne jamais dire ce que l'on a senti ?

Juan Vicuña et le licencié Calzas applaudirent. Fadrique le Borgne opina gravement du bonnet. Le capitaine Alatriste regardait Don Francisco avec un large sourire mélancolique que celui-ci lui rendit et l'abbé Pérez se donna pour vaincu, baissant les yeux vers son muscat généreusement allongé d'eau. Le poète revenait à la charge avec un sonnet qu'il récitait de temps en temps :

J'ai regardé les murs de ma patrie,
puissants naguère, aujourd'hui effondrés…

Caridad la Lebrijana vint débarrasser la table et demander un peu de calme avant de s'éloigner avec un mouvement de hanches qui attira tous les yeux, sauf ceux du père jésuite, concentré sur son muscat, et ceux de Don Francisco, perdus dans ses combats contre des fantômes silencieux :

J'entrai céans, ne vis qu'affront,
dépouille de l'ancien logis ;
moins fort et plus tors le bâton,
mon épée par l'âge assagie.
Tout ce que mon regard déplore
est le souvenir de la mort.

Des inconnus entraient dans la taverne et Diego Alatriste posa la main sur le bras du poète pour le calmer. *Souvenir de la mort !* répéta Don Francisco en guise de conclusion. Puis il se rassit, absorbé dans ses pensées, acceptant le nouveau pichet de vin que lui offrait le capitaine. En vérité, à Madrid, Don Francisco se trouvait toujours entre deux incarcérations ou deux exils. Peut-être pour cette raison, même s'il lui arriva d'acheter quelques maisons dont les revenus lui furent souvent dérobés par des administrateurs sans scrupules, ne voulut-il jamais avoir sa propre demeure à Madrid. Il préférait loger à l'auberge. Entre les mauvais coups du sort, les trêves étaient bien courtes pour cet homme singulier, peste pour ses ennemis et ravissement pour ses amis, lui que nobles et beaux esprits venaient pareillement consulter, alors que bien souvent il n'avait pas un maravédis en poche. Fortune varie, et la sienne variait souvent.

– Puisqu'il faut nous battre, battons-nous, ajouta le poète quelques instants plus tard.

Il avait parlé d'une voix sourde, comme pour

lui-même, un œil nageant sur son pichet de vin, l'autre déjà noyé dedans. La main toujours posée sur son bras, penché au-dessus de la table, Alatriste lui souriait avec une tristesse affectueuse.

– Nous battre contre qui, Don Francisco?

Son expression était absente, comme s'il savait d'avance qu'il n'obtiendrait pas de réponse. Don Francisco dressa un doigt en l'air. Ses bésicles avaient glissé sur son nez et pendaient au bout de leur cordon, deux doigts au-dessus du pichet de vin.

– Contre la stupidité, la méchanceté, la superstition, l'envie et l'ignorance, dit lentement le poète, comme s'il regardait son reflet à la surface du vin. Autrement dit, contre l'Espagne et contre tout.

Assis près de la porte, j'écoutais ce discours, émerveillé et inquiet, devinant que sous les paroles chagrines de Don Francisco se cachaient des choses obscures que je ne pouvais comprendre mais qui n'étaient pas seulement l'effet de son caractère grognon. J'étais trop jeune encore pour savoir que l'on peut parler avec une dureté extrême de ce qu'on aime, avec l'autorité morale que nous confère cet amour. Comme je le compris plus tard, la situation de l'Espagne était source de grande tristesse pour Don Francisco de Quevedo. Une Espagne encore redoutable à l'extérieur, mais qui, malgré la pompe et les artifices de notre jeune et charmant monarque, malgré notre fierté nationale et nos héroïques faits d'armes, s'était endormie, plaçant toute sa confiance dans l'or et l'argent qu'apportaient les galions des Indes. Mais cet or et cet argent se perdaient entre les mains de l'aristocratie, des fonctionnaires et du clergé, paresseux, corrompus et oisifs. On les gaspillait en vaines entreprises comme cette nouvelle et coûteuse guerre de Flandre où l'entretien du moindre piquier coûtait une fortune. Jusqu'aux Hollandais, contre qui nous nous battions et qui nous vendaient les produits de leurs manufactures et entretenaient des relations commerciales à Cadix même, afin de s'emparer des métaux précieux que nos navires, après avoir esquivé leurs pirates, ramenaient du Ponant. Les Aragonais et les Catalans se barricadaient derrière leurs lois, le Portugal ne tenait que par un fil, le commerce était aux mains des étrangers, les finances dans celles des banquiers génois, et personne ne travaillait sauf les pauvres paysans, saignés par les collecteurs d'impôts au nom de l'aristocratie et du roi. Et au beau milieu de cette corruption, de cette folie, tournant le dos à l'histoire, la malheureuse Espagne, tel un bel animal, terrible en apparence, capable de furieux coups de griffes, mais le cœur rongé par une tumeur maligne, pourrissait de l'intérieur, condamnée à une décadence inexorable dont la vision n'échappait pas à la clairvoyance de cet homme hors du commun qu'était Don Francisco de Quevedo. Mais en ce temps-là, je n'étais capable que de deviner la hardiesse de ses propos. Je jetais des coups d'œil inquiets dans la rue, m'attendant à voir surgir d'un moment à l'autre les argousins du corrégidor, venus l'emprisonner pour son orgueilleuse imprudence.

Ce fut alors que je vis le carrosse. Je mentirais si je disais que je n'attendais pas son passage dans la rue de Tolède, deux ou trois fois par semaine, à peu près toujours à la même heure. Il était noir, garni de cuir et de velours rouge. Le cocher ne conduisait pas ses deux mules du haut de son siège mais chevauchait l'une d'elles, comme c'était l'habitude avec ce genre d'attelage. Une bonne voiture, mais discrète, comme on en voit à ceux qui occupent une position élevée dans la société mais ne peuvent, ou ne veulent, trop se montrer. De riches commerçants ou de hauts fonctionnaires qui, sans appartenir à la noblesse, jouissaient de grands pouvoirs à la cour.

Cependant, ce qui m'importait n'était pas le contenant mais le contenu. La main encore enfantine, blanche comme du papier de soie, que l'on voyait délicatement posée sur l'encadrement de la portière. Le reflet doré d'une chevelure longue et bouclée. Et les yeux. Malgré le temps qui a passé depuis que je les vis pour la première fois, malgré les nombreux déboires et aventures que ces yeux bleus allaient me valoir au cours des années qui suivirent, aujourd'hui encore je suis incapable d'exprimer par écrit l'effet de ce regard lumineux et très pur, si trompeusement limpide, d'une couleur semblable à celle du ciel de Madrid que, plus tard, sut peindre comme personne l'artiste favori de Sa Majesté, Diego Velázquez.

Angélica d'Alquézar devait avoir onze ou douze ans et l'on devinait déjà en elle la splendide beauté qu'elle allait devenir et que Velázquez immortalisa sur le fameux tableau pour lequel elle posa quelque temps plus tard, en 1635. Mais à l'époque dont je parle, une dizaine d'années plus tôt, en ces matins de mars qui précédèrent l'aventure des deux Anglais, j'ignorais l'identité de la petite fille qui tous les deux ou trois jours parcourait en carrosse la rue de Tolède, en direction de la Plaza Mayor et du Palais royal où – comme je l'appris par la suite – elle assistait la reine et les jeunes princesses en qualité de menine, grâce au poste qu'occupait son oncle, l'Aragonais Luis d'Alquézar, alors l'un des secrétaires les plus influents du roi. Pour moi, la petite fille blonde dans son carrosse n'était qu'une merveilleuse vision céleste, aussi éloignée de ma pauvre condition de mortel que pouvaient l'être le soleil ou la plus belle étoile de ce coin de la rue de Tolède où les roues de la voiture et les pattes des mules altières éclaboussaient de boue tous les passants.

Ce matin-là, quelque chose vint troubler la routine habituelle. Au lieu de passer comme toujours devant la taverne et de poursuivre sa route, laissant apercevoir le temps d'un instant sa blonde passagère, la voiture s'arrêta avant d'arriver à ma hauteur, à une vingtaine de pas de la Taverne du Turc. Prise dans la boue, une douve de tonneau s'était collée à l'une des roues et bloquait l'essieu. Le cocher n'eut d'autre choix que d'arrêter ses mules et de mettre pied à terre, ou plutôt dans la boue, pour retirer l'obstacle. Un groupe de jeunes vauriens qui fréquentaient la rue s'approcha alors pour le railler. Le cocher, de fort méchante humeur, se saisit de son fouet afin de les mettre en fuite. Peine perdue. Les garnements de Madrid étaient alors aussi belliqueux que des taons – *natif de Madrid, je saurais mieux me battre*, disait une vieille chanson –, et de plus ce n'était pas tous les jours qu'ils avaient un carrosse pour exercer leur adresse. Toujours est-il qu'armés de mottes de terre, ils firent montre dans le maniement des projectiles d'une dextérité qui eût rendu jaloux les plus habiles arquebusiers de nos régiments.

Je me levai, alarmé. Le sort du cocher m'importait bien peu, mais cette voiture transportait quelque chose qui, à ce stade de ma jeune vie, était le plus précieux trésor qu'on pût imaginer. Et puis j'étais le fils de Lope Balboa, mort glorieusement durant les guerres de Sa Majesté. Je n'avais donc pas le choix.

Résolu à me battre pour une personne que je considérais être ma dame, même de loin et avec le plus grand respect, je fonçai sur les jeunes vauriens et, en deux coups de poing et quatre coups de pied, je mis en déroute les forces ennemies qui prirent la poudre d'escampette, me laissant maître du champ de bataille.

L'élan de ma charge – et mon désir secret, il faut bien le dire – m'avait conduit à la hauteur de la voiture. Le cocher n'était pas d'un naturel reconnaissant : après m'avoir regardé de haut en bas, il se remit au travail. J'étais sur le point de me retirer quand les yeux bleus apparurent à la portière de la voiture. Cette vision me cloua sur place et je sentis le rouge me monter au visage avec la force d'un coup de pistolet. La petite fille me regardait avec une fixité qui aurait fait tarir l'eau de la fontaine voisine. Blonde. Pâle. Très belle. Que vous dire de plus ? Elle ne souriait même pas, se contentant de me regarder avec curiosité. De toute évidence, mon intervention n'était pas passée inaperçue. Quant à moi, ce regard, cette apparition me récompensaient amplement de ma peine. Je fis un geste de la main comme pour toucher un chapeau imaginaire et m'inclinai.

– Iñigo Balboa, à votre service, balbutiai-je en réussissant cependant à donner à mes paroles une certaine fermeté qui me parut galante. Page du capitaine Don Diego Alatriste.

Impassible, la petite soutint mon regard. Le

cocher avait repris sa place. Il poussa ses bêtes et la voiture s'ébranla. Je fis un pas en arrière pour éviter que les roues ne m'éclaboussent et, en cet instant précis, elle posa sur la portière une main menue, parfaite, blanche comme la nacre, et je crus presque qu'on me donnait cette main à baiser. Puis sa bouche, deux lèvres pâles et parfaitement dessinées, ébaucha ce qui pouvait s'interpréter comme un sourire distant, énigmatique et mystérieux. J'entendis claquer le fouet du cocher, et la voiture s'éloigna, emportant avec elle ce sourire dont aujourd'hui encore j'ignore s'il fut réel ou imaginé. Et je restai planté au beau milieu de la rue, épris de tout mon être, regardant s'éloigner cette toute jeune fille semblable à un ange blond, ignorant, pauvre de moi, que je venais de faire la connaissance de ma plus douce, ma plus dangereuse et ma plus mortelle ennemie.

IV

LE GUET-APENS

La nuit tombe vite au mois de mars. Il restait encore un peu de jour dans le ciel, mais dans les rues étroites, sous les rebords des toits, il faisait noir comme dans la gueule d'un four. Le capitaine Alatriste et son compagnon avaient choisi une venelle, obscure et solitaire, que les deux Anglais emprunteraient nécessairement pour se rendre à la Maison aux sept cheminées. Un messager les avait prévenus de l'heure de leur passage et de leur itinéraire en leur fournissant un signalement plus complet pour éviter toute erreur : Thomas Smith, le plus âgé et le plus blond des deux hommes, montait un cheval tourdille et portait un costume de voyage gris aux discrets ornements d'argent, de hautes bottes, grises elles aussi, et un chapeau dont le ruban était de la même couleur. Quant à John Smith, le plus jeune, habillé de marron, avec des bottes de cuir et un chapeau orné de trois petites plumes blanches, il montait un bai. Les deux hommes étaient fourbus et couverts de poussière, après une chevauchée de plusieurs jours. Leur bagage était maigre et tenait dans deux portemanteaux assujettis au moyen de courroies sur la croupe de leurs montures.

Caché dans l'ombre d'un porche, Diego Alatriste regarda vers la lanterne que son compagnon et lui avaient posée au coin de la rue pour éclairer les voyageurs avant que ceux-ci ne puissent les voir. La ruelle, qui faisait un coude, partait de la rue du Barquillo, à côté du palais du comte de Guadalmedina, puis longeait le mur du jardin des carmes déchaussés avant d'aller mourir devant la Maison aux sept cheminées, au carrefour de la rue de Torres et de celle des Infantes. L'embuscade était tendue dans la première partie de la venelle, en son endroit le plus obscur, étroit et solitaire, où il serait facile de désarçonner les deux cavaliers par surprise.

Il faisait un peu frais et le capitaine remonta le col de sa cape neuve, achetée avec l'or des deux hommes masqués. Sa dague biscayenne tinta contre la poignée de l'épée et la crosse du pistolet chargé qu'il portait à la ceinture, au cas où il serait nécessaire, en dernière ressource, de faire usage de cet expédient bruyant et définitif, expressément interdit par les ordonnances royales, mais bien pratique lorsqu'une affaire ne s'annonçait pas sous les meilleurs auspices. Cette nuit-là, Alatriste portait aussi sa casaque en cuir de buffle qui lui protégeait le torse d'éventuels coups de dague, et il avait glissé son couteau de boucher dans une des ses vieilles bottes dont les semelles usées allaient lui permettre de mieux sentir le sol sous ses pieds quand commencerait la danse.

Le malheur soit sur l'insensé
qui de son épée se déceint...

commença-t-il à réciter entre ses dents pour tromper l'attente. Puis il murmura encore quelques fragments de *Font-aux-Cabres* de Lope de Vega, un de ses drames favoris, le visage dissimulé sous le large bord de son chapeau qu'il avait enfoncé jusqu'aux sourcils. Une ombre bougea légèrement à quelques pas, sous l'arc d'une petite porte qui donnait sur le jardin des carmes. Après une bonne demi-heure passée dans l'immobilité, l'Italien devait être aussi engourdi que lui. Singulier personnage. Il s'était présenté entièrement vêtu de noir, drapé dans sa cape et coiffé de son chapeau. Son visage grêlé ne s'était animé d'un sourire que lorsque Alatriste avait proposé d'installer une lanterne pour éclairer le coin de rue choisi pour le guet-apens.

– Bonne idée, avait-il simplement dit de sa voix sourde et rauque. Eux dans la lumière et nous dans l'ombre. Voir sans être vu.

Puis il s'était mis à siffloter cette petite musique qu'il semblait aimer tant, *tiruli-ta-ta*, tandis qu'ils se répartissaient la tâche à voix basse, sans un mot de trop, comme des gens du métier. Alatriste s'occuperait du plus âgé, l'Anglais au costume gris et au cheval tourdille. L'Italien se chargerait du jeune homme en habit marron, monté sur le bai. Pas de coups de pistolet puisque tout devait se faire avec suffisamment de discrétion pour que, la question réglée, ils pussent fouiller les bagages, trouver les documents et, naturellement, soulager les macchabées de l'argent qu'ils portaient sur eux. S'ils faisaient trop de bruit et alertaient des gens, tout serait perdu. De plus, la Maison aux sept cheminées n'était pas loin et les domestiques de l'ambassadeur d'Angleterre pouvaient venir prêter main-forte à leurs compatriotes. Il fallait donc que la rencontre soit rapide et mortelle : cling, clang, bonjour et adieu. Et tout ce joli monde en enfer ou ailleurs, là où s'en vont les anglicans hérétiques. Au moins ces deux-là ne réclameraient pas la confession comme le faisaient les bons catholiques, au risque de réveiller la moitié de Madrid.

Le capitaine remonta sa cape et regarda dans la

direction où la ruelle faisait un coude éclairé par la flamme vacillante de la lanterne. Sous l'étoffe chaude, sa main gauche reposait sur le pommeau de son épée. Un instant, pour passer le temps, il essaya de se souvenir de tous les hommes qu'il avait tués ailleurs qu'à la guerre, où il est souvent impossible de connaître l'effet d'un coup d'épée ou d'arquebuse au milieu de la mêlée, à moins d'être face à face avec l'adversaire. Face à face. Ce dernier point était important, du moins pour lui. Car Diego Alatriste, à la différence d'autres sicaires, ne frappait jamais un homme dans le dos. Il est vrai qu'il ne laissait pas toujours à l'autre le temps de se mettre en garde. Mais il est vrai aussi que jamais il n'avait frappé quelqu'un qui ne fût point tourné vers lui, la rapière sortie de son fourreau, sauf une fois, une sentinelle hollandaise égorgée en pleine nuit. Mais c'était là les risques de la guerre, comme auraient dû le savoir les Allemands qui s'étaient mutinés à Maastricht, ou le reste des ennemis qu'il avait expédiés sur les champs de bataille. Et à l'époque, rien de tout cela n'était bien important. Mais le capitaine était un de ces hommes qui ont besoin de préserver ne serait-ce qu'un peu de leur amour-propre. Sur l'échiquier de la vie, chacun roque comme il peut. Cette justification, quoique bien faible, lui suffisait. Et lorsque ce n'était pas le cas, quand l'eau-de-vie faisait paraître dans ses yeux tous les diables qui torturaient son âme, elle lui donnait une raison de se raccrocher à la vie s'il lui arrivait de contempler avec un intérêt excessif le trou noir de ses pistolets.

Onze hommes, conclut-il enfin. Sans compter la guerre, quatre soldats dans des duels en Flandre et en Italie, un homme à Madrid et un autre à Séville. Affaires de jeu, paroles déplacées ou histoires de femmes. Quant aux autres, il les avait tués sur commande : cinq vies à tant le coup d'épée. Tous des hommes capables de se défendre, plus quelques ruffians de bas étage. Pas de remords, sauf dans deux cas : le galant d'une certaine dame dont le mari n'avait pas assez de vaillance pour se débarrasser lui-même de ses cornes et qui était pris de boisson la nuit où Diego Alatriste s'était porté à sa rencontre dans une rue mal éclairée. Le capitaine n'avait jamais oublié le regard trouble de cet homme qui ne comprenait pas ce qui lui arrivait. A peine le malheureux avait-il tiré son épée, titubant sur ses pieds, que six pouces d'acier lui étaient entrés dans la poitrine. Quant à l'autre, c'était un joli cœur de la cour, un jeune gobe-mouches couvert de rubans dont l'existence portait ombrage au comte de Guadalmedina. Une histoire de procès, de testament et d'héritage. Diego Alatriste s'était occupé de lui pour simplifier la procédure. L'affaire avait été expédiée lors d'une excursion du petit marquis, un certain Alvaro de Soto, qui s'était rendu à la fontaine del Acero avec quelques amis pour faire les yeux doux aux dames qui allaient prendre les eaux de l'autre côté du pont de Ségovie. Un prétexte, une bonne poussée, quelques échanges d'insultes et le jeune homme – il avait à peine vingt ans – était tombé dans la nasse en mettant la main à son épée. Tout s'était déroulé très vite. En un tournemain, le capitaine et les deux comparses qui couvraient ses arrières s'étaient envolés, laissant le petit marquis sur le dos, saigné à blanc, sous les regards horrifiés des dames et de leurs suivantes. L'affaire avait fait quelque bruit. Mais grâce à ses influences, Guadalmedina avait réussi à protéger le tueur. Mal à l'aise cependant, Alatriste avait longtemps gardé le souvenir de l'angoisse peinte sur le visage livide du jeune homme qui ne désirait nullement se battre contre cet inconnu à la féroce moustache, aux yeux clairs et froids, à l'aspect menaçant, mais qui s'était senti obligé de le faire parce que des amis et des dames le regardaient. Sans préambule, le capitaine lui avait allongé une botte très simple, lui transperçant le cou alors que le jeune beau essayait encore de se mettre élégamment en garde, bien droit, le geste assuré, tentant désespérément de se souvenir des leçons de son maître d'armes.

Onze hommes, compta Alatriste. Sauf le jeune marquis et un certain Carmelo Tejada, tué dans un duel entre soldats, en Flandre, il ne pouvait se souvenir du nom d'aucun d'entre eux. Ou peut-être ne l'avait-il jamais su. Quoi qu'il en soit, caché dans l'ombre de la porte, attendant ses victimes, gêné par cette blessure encore fraîche qui le forçait à rester à Madrid, Diego Alatriste eut une fois de plus une pensée nostalgique pour les champs de bataille de Flandre, le crépitement des arquebuses et les hennissements des chevaux, la sueur du combat aux côtés de ses compagnons, le battement des tambours et le pas tranquille des Tercios entrant en lice sous leurs vieux drapeaux. Comparée à Madrid, à cette ruelle où il s'apprêtait à tuer deux hommes qu'il n'avait jamais vus de sa vie, la guerre lui paraissait bien lointaine ce soir-là. La guerre était propre. L'ennemi était en face, et Dieu de votre côté. Du moins, c'est ce qu'on disait.

La cloche du couvent des carmes déchaussés sonna huit coups. Un peu plus tard, comme répondant à son signal, un bruit de sabots se fit entendre au bout de la ruelle, derrière l'angle que formait le mur du couvent. Diego Alatriste regarda dans la direction de l'ombre tapie contre la petite porte et le sifflotement de l'Italien lui indiqua qu'il était lui aussi en alerte. Le capitaine dégrafa sa cape, s'en défit pour qu'elle ne le gênât point dans ses mouvements, la plia et la déposa sous le porche. Puis il fixa les yeux sur l'angle de la rue éclairé par la lanterne. Deux chevaux s'approchaient lentement. La lumière jaunâtre arracha un reflet d'acier nu dans la cachette de l'Italien.

Le capitaine ajusta son gilet de cuir et tira son épée. Le bruit des sabots résonnait maintenant au bout de la rue et une première ombre commença à se profiler sur le mur, énorme, disproportionnée. Alatriste prit cinq ou six grandes respirations pour chasser les mauvaises humeurs de ses poumons. Puis, l'esprit plus clair, il sortit de l'ombre du porche, l'épée dans la main droite, sa dague biscayenne dans la gauche. A quelques pas, une forme jaillit des ténèbres de la petite porte, un éclair métallique dans chaque main, et rejoignit le capitaine pour se porter à la rencontre des deux silhouettes que la lanterne faisait déjà se découper sur le mur. Un pas, deux pas, un autre encore. Tout était diablement proche dans cette ruelle et, arrivées au coin, les ombres se rencontrèrent dans la confusion : éclairs d'acier, yeux écarquillés par la surprise, brusque respiration de l'Italien quand il choisit sa victime et se précipita en avant. Les deux voyageurs venaient à pied et tenaient leurs chevaux par les rênes. Tout fut très facile au début, sauf quand Alatriste hésita entre les deux hommes, cherchant à reconnaître le sien. L'Italien fut plus rapide, ou tarda moins à improviser. Toujours est-il que le capitaine le sentit se glisser contre lui comme un souffle et foncer sur le plus proche des hommes qui leur faisaient face, soit qu'il eût reconnu sa proie, soit que, indifférent à l'accord qui leur assignait à chacun une victime, il se fût lancé sur celui qui marchait en tête et avait ainsi moins de temps pour se prémunir contre l'attaque. En tout cas, il ne s'était pas trompé car Alatriste put voir le jeune homme blond, vêtu d'un costume marron, tenant par les rênes un cheval bai, pousser une exclamation en sautant de côté pour esquiver miraculeusement le coup que l'Italien venait de lui porter sans lui laisser le temps de mettre la main à l'épée.

– Steenie !... Steenie !

Plus qu'un appel à l'aide, c'était un cri d'alarme à l'intention de son compagnon. Alatriste entendit le jeune homme crier deux fois pendant qu'il passait à côté de lui puis, esquivant la croupe du cheval qui s'était mis à caracoler, le capitaine pointa son épée vers l'autre Anglais, vêtu de gris. La lumière de la lanterne lui révéla un homme de belle allure avec des cheveux très blonds et une fine moustache. Le deuxième voyageur venait de lâcher les rênes de sa monture et, après avoir reculé de quelques pas, dégainait son épée avec la rapidité de l'éclair. Qu'il fût d'un hérétique ou d'un bon chrétien, son mouvement au moins rendait les choses plus claires à présent, et le capitaine fondit droit sur lui. L'Anglais allongea le bras pour garder ses distances puis, solidement campé sur un pied, il avança l'autre et toucha rapidement son ennemi qui changea à peine de position. Aussitôt, Alatriste donna un coup latéral avec sa biscayenne pour dévier la lame de son adversaire. Un instant plus tard, celui-ci avait reculé de quatre pas et se défendait désespérément, coincé contre le mur, alors que le capitaine s'apprêtait, méthodique et sûr de lui, à lui enfoncer six pouces d'acier dans le corps. C'était chose faite, ou presque, car si le jeune homme se battait avec vaillance et adresse, il était trop fougueux et s'épuisait vite. Alatriste entendait derrière lui tinter les épées de l'Italien et de l'autre Anglais, leur souffle et leurs imprécations. Du coin de l'œil, il pouvait deviner le mouvement de leurs ombres sur le mur.

Tout à coup, entre deux cliquetis, on entendit un gémissement et le capitaine vit que l'ombre du plus jeune des deux Anglais tombait à genoux. L'homme semblait blessé et se couvrait tant bien que mal face aux assauts de l'Italien. L'adversaire d'Alatriste parut en être bouleversé : d'un seul coup, son instinct de survie l'abandonna, de même que l'adresse avec laquelle il avait jusque-là tenu peu ou prou le capitaine à distance.

– Grâce pour mon compagnon ! cria-t-il en parant une botte, avec un accent très prononcé... Grâce pour mon compagnon !

Distrait, il avait un peu baissé la garde et,

au premier instant d'inattention, après une feinte avec sa dague, le capitaine le désarma sans effort. Au diable cet hérétique de mes couilles, pensa-t-il. Qu'allait-il demander pitié pour l'autre, alors que lui-même était sur le point d'aller engraisser les vers de terre. L'épée de l'étranger volait encore en l'air qu'Alatriste pointait déjà la sienne sur la gorge de son adversaire et reculait le coude d'un pouce, ce qu'il fallait pour la traverser sans problèmes et régler l'affaire sur-le-champ. Grâce pour mon compagnon. Il fallait être bien dérangé, ou Anglais, pour crier ainsi dans une ruelle obscure de Madrid, quand les coups de fer pleuvaient de partout.

Mais l'Anglais persistait. Au lieu de demander grâce pour lui, ou encore – c'était à l'évidence un jeune homme au cœur vaillant – de mettre la main au petit poignard inutile qu'il portait encore à la ceinture, il jeta un regard désespéré à l'autre jeune homme qui, par terre, se défendait faiblement, puis, le montrant à Diego Alatriste, il cria une nouvelle fois :

– Grâce pour mon compagnon !

Le capitaine arrêta son bras, déconcerté. Ce jeune homme blond à la moustache soignée, aux longs cheveux en désordre à cause du voyage, vêtu d'un élégant costume gris recouvert de poussière, craignait pour son ami que l'Italien était sur le point de transpercer. Alors, à la lumière de la lanterne qui éclairait toujours la mêlée, le capitaine Alatriste prit le temps de regarder les yeux bleus de l'Anglais, son visage fin, pâle, crispé par une angoisse qui, clairement, n'avait rien à voir avec la peur de mourir. Des mains blanches et douces. Des traits d'aristocrate. Tout chez lui dénotait l'homme de qualité. Et il se souvint de la conversation qu'il avait eue avec les deux hommes masqués, du désir exprimé par l'un que l'on ne versât point trop de sang et l'insistance de l'autre, confirmée par l'inquisiteur Bocanegra, pour qu'on tuât les deux voyageurs. L'affaire était trop embrouillée pour qu'il pût l'expédier en deux coups d'épée et s'en tenir là.

Merde. Merde et merde. Sacrebleu ! Par tous les diables de l'enfer ! L'épée à un pouce de l'Anglais, Diego Alatriste hésita et l'autre s'en rendit compte. Avec une expression d'une extrême noblesse, incroyable dans les circonstances, il le regarda dans les yeux et lentement posa la main droite sur sa poitrine, sur son cœur, comme s'il prononçait un serment solennel au lieu de supplier.

– Grâce !

Il répéta sa supplique une dernière fois, à voix basse, presque sur le ton de la confidence. Et Diego Alatriste, qui continuait à apostropher tous les démons de l'enfer, sut qu'il ne pourrait plus tuer de sang-froid ce maudit Anglais, du moins pas cette nuit-là ni dans cet endroit. Il sut aussi, alors qu'il abaissait son épée et se retournait vers l'Italien et l'autre jeune homme, qu'il était sur le point de tomber, comme le parfait imbécile qu'il était, dans un des multiples pièges dont sa vie hasardeuse avait été semée.

A l'évidence, la situation réjouissait l'Italien. Il aurait pu achever plusieurs fois le blessé, mais il s'amusait à allonger des coups et à faire des feintes comme s'il prenait plaisir à retarder l'estocade définitive et mortelle. On aurait dit un chat noir et maigre en train de jouer avec une souris. A ses pieds, un genou en terre et le dos au mur, une main couvrant la blessure qui saignait à travers son pourpoint, le plus jeune des deux Anglais se battait faiblement, parant à grand-peine les attaques de son adversaire. Il ne demandait pas pitié. Son visage d'une pâleur mortelle était empreint d'une digne décision. Les mâchoires serrées, il était décidé à mourir sans un cri ni une plainte.

– Laissez-le ! cria Alatriste à l'Italien.

Entre deux attaques, celui-ci le regarda, surpris de voir à côté de lui l'autre Anglais, désarmé mais toujours debout. Il hésita un instant, jeta un regard à son adversaire, lui allongea une botte sans conviction excessive, puis regarda de nouveau le capitaine.

– Vous plaisantez? dit-il en faisant un pas en arrière pour reprendre son souffle pendant qu'il faisait siffler son épée en donnant deux coups dans le vide, l'un à droite, l'autre à gauche.

– Laissez-le, insista Alatriste.

L'Italien le fixa longuement, refusant de comprendre ce qu'il venait d'entendre. A la lumière blafarde de la lanterne, son visage dévasté par la petite vérole ressemblait à la surface de la lune. Sa moustache noire se tordit en un sinistre sourire sur ses dents d'une blancheur éclatante.

– Allez vous faire foutre, dit-il enfin.

Alatriste fit un pas dans sa direction et l'Italien regarda l'épée qu'il tenait à la main. Allongé par terre, incapable de comprendre ce qui se passait, le jeune blessé les dévisageait tour à tour.

– Cette affaire n'est pas claire, fit le capitaine. Pas claire du tout. Nous les tuerons un autre jour.

L'Italien continuait à le regarder fixement. Son sourire s'accentua, incrédule, puis s'effaça d'un coup.

– Vous êtes fou, dit-il. Nous risquons d'y laisser notre tête.

– J'en prends la responsabilité.

– Ah...

L'Italien sembla réfléchir. Soudain, avec la vitesse de l'éclair, il allongea une botte tellement foudroyante que, si Alatriste n'avait interposé sa lame, il aurait cloué le jeune homme allongé par terre contre le mur. Il se retira en lâchant un juron et cette fois ce fut Alatriste qui dut faire usage de son instinct d'escrimeur et de toute son adresse pour éviter la deuxième botte poussée par l'Italien, maintenant animé des plus meurtrières intentions. Deux pouces de plus, et elle l'aurait atteint au cœur.

– Nous nous retrouverons ! cria le spadassin. Le monde est petit !

D'un coup de pied, il renversa la lanterne, puis se mit à courir et disparut dans l'obscurité de la ruelle, ombre parmi les ombres. Son rire éclata un instant plus tard, lointain, comme le pire des augures.

V

LES DEUX ANGLAIS

Le plus jeune des deux hommes n'était que légèrement blessé. Aidé de Diego Alatriste, son compagnon l'avait adossé au mur du jardin des carmes. Les deux hommes examinèrent sa blessure à la lumière de la lanterne qu'ils avaient rallumée : c'était une estafilade superficielle, de celles qui saignent abondamment et permettent ensuite aux jeunes godelureaux d'aller se pavaner devant les dames, le bras en écharpe, sans qu'il leur en ait coûté grand-chose. Dans le cas présent, l'écharpe ne serait même pas nécessaire. Le jeune homme au costume gris posa un mouchoir propre sur la blessure qui s'ouvrait sous l'aisselle gauche de son compagnon, puis il referma sa chemise, sa journade et son pourpoint en lui parlant doucement dans leur langue. Pendant toute l'opération que l'Anglais exécuta en tournant le dos au capitaine, comme s'il n'avait plus rien à craindre de lui, Diego Alatriste eut l'occasion de s'arrêter sur quelques détails dignes d'intérêt. Par exemple, en dépit de l'apparente sérénité du jeune homme vêtu de gris, ses mains tremblaient au début quand il avait ouvert les vêtements de son compagnon pour examiner sa blessure. Et puis, même s'il ne savait de l'idiome anglais que les mots que l'on peut échanger de bateau à bateau ou de parapet à parapet sur un champ de bataille – vocabulaire qui dans le cas d'un ancien soldat espagnol se limitait à *« fockiou, sons of de gritbitch* et *oui are goin toucat your balls »* –, le capitaine avait pu saisir que l'Anglais vêtu de gris parlait à son compagnon avec une sorte de respect affectueux et que, tandis que l'autre l'appelait Steenie, sans aucun doute un surnom amical ou familier, l'homme en gris utilisait le mot *milord* pour s'adresser au blessé. Il y avait anguille sous roche, comme dit le proverbe, et celle-ci n'était certainement pas une civelle. La curiosité d'Alatriste en fut tellement éveillée qu'au lieu de détaler, comme le lui commandait à grands cris son bon sens, il resta là, immobile, à côté des deux Anglais qu'il avait bien failli expédier dans l'autre monde, réfléchissant à ce qu'il savait déjà de longue date, à savoir que les cimetières sont remplis de curieux. Mais il n'était pas moins vrai qu'au point où en étaient les choses, après l'incident avec l'Italien, avec ces deux hommes masqués et le père Emilio Bocanegra qui attendait certainement l'issue de l'affaire, son compte était bon. S'en aller, rester ou danser la chaconne, tout cela était du pareil au même. Se cacher la tête comme cet oiseau étrange que l'on disait vivre en Afrique ne servirait de rien. De toute façon, ce n'était pas dans le caractère de Diego Alatriste. Il comprenait fort bien qu'en déviant le coup de l'Italien, il avait commis un acte irréparable et qu'il lui était désormais impossible de revenir en arrière. Il ne lui restait donc plus qu'à jouer la partie avec la nouvelle donne que le destin moqueur venait de lui mettre entre les mains, aussi mauvaise fût-elle. Il regarda les deux jeunes gens qui, à cette heure et selon le plan convenu – il avait dans sa poche une partie de l'or reçu pour sa peine –, auraient dû être raides morts. Et il sentit des gouttes de sueur couler sur le col de sa chemise. Putain de sort, jura-t-il en silence. Il avait bien choisi son moment pour jouer les gentilshommes et s'embarrasser la conscience de scrupules dans cette venelle de Madrid. Et cela ne faisait sûrement que commencer.

L'Anglais vêtu de gris s'était relevé et observait le capitaine. Celui-ci put à son tour l'étudier à la lumière de la lanterne : petite moustache blonde et frisée, belle allure, des cernes de fatigue sous les yeux bleus. A peine trente ans et à n'en pas douter un homme de qualité. Comme l'autre, pâle comme un linge. Le sang ne leur était pas encore revenu au visage depuis qu'Alatriste et l'Italien avaient fondu sur eux.

– Nous sommes vos obligés, monsieur, dit l'homme vêtu de gris qui ajouta, après une légère pause : en dépit de tout.

Son espagnol était imprégné d'un accent anglais à couper au couteau. Mais le ton de sa voix paraissait sincère. Manifestement, lui et son compagnon avaient vraiment vu la mort en face, à cent lieues de toute gloire, et sans héroïques roulements de tambour, acculés contre un mur dans le noir, faits comme des rats au fond d'une ruelle. Une expérience que vivent de temps à autre, et c'est tant mieux, certains membres des classes privilégiées, trop habitués à parader la tête haute entre fifres et tambours. De fait, il battait des paupières de temps en temps, sans quitter le capitaine des yeux, comme surpris d'être toujours vivant. Et il pouvait l'être, l'hérétique.

– En dépit de tout, répéta-t-il.

Le capitaine ne sut que répondre. Tout bien

pesé, malgré le dénouement de l'escarmouche, lui et son compagnon de fortune avaient tenté d'assassiner les jeunes Smith, ou ceux qui prétendaient s'appeler ainsi. Gêné par le silence qui suivit, il regarda autour de lui et vit briller par terre l'épée de l'Anglais. Il alla la ramasser et la lui rendit. Steenie, c'est-à-dire celui qui se faisait appeler Thomas Smith, la soupesa d'un air pensif avant de la remettre dans son fourreau. Il continuait à regarder Alatriste avec ces yeux bleus et francs qui incommodaient tellement le capitaine.

– Au début, nous avons bien cru que vous... dit-il, puis il se tut, comme s'il attendait qu'Alatriste complète sa phrase.

Mais celui-ci se contenta de hausser les épaules. Au même moment, le blessé fit le geste de se remettre debout et celui qu'il appelait Steenie se retourna pour l'aider. Ils avaient maintenant rengainé leurs épées et, à la lumière de la lanterne qui continuait à brûler par terre, ils observaient le capitaine avec curiosité.

– Vous n'êtes point un vulgaire coupe-jarret, conclut finalement Steenie qui retrouvait peu à peu ses couleurs.

Alatriste lança un regard au plus jeune des deux, celui que son compagnon avait plusieurs fois appelé *« milord »*. Petite moustache blonde, mains fines, l'air d'un aristocrate malgré son costume de voyage couvert de la poussière et de la saleté de la route. Si cet homme n'était pas issu d'une bonne famille, le capitaine était prêt à embrasser la foi des Turcs. Parole de soldat.

– Votre nom ? demanda l'homme au costume gris.

Étrange qu'ils fussent encore vivants, car ces hérétiques étaient vraiment naïfs. Ou peut-être était-ce précisément pour cette raison qu'ils étaient encore de ce monde. Toujours est-il qu'Alatriste ne desserra pas les dents. Il n'était pas porté aux confidences, moins encore devant deux quidams qu'il avait été sur le point d'expédier dans l'au-delà. A quoi pensait donc ce godelureau ? Qu'il allait lui ouvrir son cœur pour ses beaux yeux ? Et malgré son envie de savoir ce que recelait toute cette affaire, le capitaine commença à songer qu'il serait peut-être préférable de prendre la clef des champs. Ce n'était ni le moment ni le lieu de jouer au jeu des questions et des réponses. Quelqu'un pouvait apparaître : le guet ou un fâcheux qui serait venu compliquer les choses. Au pire, l'Italien pourrait même avoir l'idée de revenir avec des renforts pour achever la besogne en sifflotant son *tiruli-ta-ta*. Cette pensée lui fit jeter un coup d'œil derrière lui dans la ruelle sombre. Il fallait s'en aller d'ici, et sans traîner.

– Qui vous a envoyé ? insista l'Anglais.

Sans répondre, Alatriste alla chercher sa cape et la jeta sur son épaule, laissant libre sa main droite pour parer à toute mauvaise surprise. Leurs rênes à terre, les chevaux ne s'étaient éloignés que de quelques pas.

– Reprenez vos bêtes et allez-vous-en, dit-il enfin.

Celui que l'autre appelait Steenie ne bougea pas et se contenta de consulter son compagnon qui n'avait pas prononcé un mot en espagnol et ne semblait le comprendre qu'à peine. De temps en temps, ils échangeaient quelques phrases dans leur langue, à voix basse, et le blessé hochait silencieusement la tête. Finalement, le jeune homme au costume gris se retourna vers Alatriste.

– Vous pouviez me tuer et vous ne l'avez pas fait dit-il. Et vous avez aussi sauvé la vie de mon ami... Pourquoi ?

– L'âge, sans doute. Je me laisse attendrir.

L'Anglais secoua la tête.

– Ce n'était pas un hasard – il regarda son compagnon puis le capitaine avec une attention renouvelée. Quelqu'un vous avait envoyés. Je me trompe ?

Toutes ces questions commençaient à faire monter la moutarde au nez du capitaine, plus encore quand il vit que son interlocuteur esquissait un geste vers la bourse qui pendait à sa ceinture, donnant à entendre que toute parole utile pourrait être convenablement récompensée. Diego Alatriste fronça les sourcils, tordit sa moustache et posa la main sur le pommeau de son épée.

– Monsieur, dit-il, je crains que vous ne vous mépreniez sur mon compte… Ai-je l'air de quelqu'un qui raconte sa vie à tout le monde ?

L'Anglais le regarda attentivement, de la tête aux pieds, puis écarta lentement la main de sa bourse.

– Non, reconnut-il. En vérité, non.

Alatriste hocha la tête, satisfait.

– Je suis heureux que vous le constatiez. Et maintenant, reprenez vos chevaux et décampez. Mon compagnon pourrait revenir.

– Et vous ?

– Je sais m'occuper de mes affaires.

Les Anglais échangèrent encore quelques mots. L'homme au costume gris semblait réfléchir, les bras croisés, le menton entre le pouce et l'index. Un geste insolite, plein d'affectation, plus à sa place sans doute dans les élégants palais de Londres que dans une obscure venelle du vieux Madrid. Pourtant, il semblait habituel chez lui. Blanc et blond comme il l'était, il avait l'air d'un joli cœur ou d'un courtisan. Mais il s'était battu avec adresse et vaillance, comme d'ailleurs son compagnon dont les manières étaient taillées sur le même patron. Des jeunes gens de bonne famille, conclut le capitaine. Quelque histoire de femmes, de religion ou de politique. Peut-être les trois choses à la fois.

– Personne ne doit rien savoir de ce qui s'est passé, dit enfin l'Anglais.

Diego Alatriste se mit à rire entre ses dents.

– Je n'ai aucun intérêt à ce que l'affaire s'ébruite.

Son interlocuteur parut surpris de ce rire, ou peut-être eut-il quelque difficulté à comprendre ce que le capitaine venait de lui dire. Mais, un instant plus tard, il souriait lui aussi. Un bref sourire courtois. Un peu dédaigneux.

– Trop de choses sont en jeu, ajouta-t-il.

Alatriste était parfaitement de cet avis.

– Ma tête, murmura-t-il. Par exemple.

Si l'Anglais comprit l'ironie, il n'en montra rien. Il réfléchissait encore.

– Mon ami a besoin de prendre un peu de repos. Et l'homme qui l'a blessé peut nous attendre un peu plus loin… – une fois de plus, il dévisagea longuement Diego Alatriste, tentant de voir plus clair en lui. Finalement, il haussa les épaules, comme pour indiquer que lui et son compagnon n'avaient guère le choix – … connaissez-vous, monsieur, l'endroit où nous devons nous rendre ?

Impassible, Alatriste soutint son regard.

– C'est possible.

– Vous connaissez la Maison aux sept cheminées ?

– Peut-être.

– Nous feriez-vous la grâce de nous y conduire ?

– Non.

– Alors, iriez-vous y porter un message de notre part ?

– N'y songez pas.

Cet homme devait le prendre pour un imbécile. Et quoi encore : se jeter dans la gueule du loup en allant éveiller les soupçons de l'ambassadeur d'Angleterre et de ses domestiques ? On est toujours puni de sa curiosité, se dit-il en jetant un regard inquiet autour de lui. Le moment était venu de veiller à sa propre peau que plus d'un était sans doute disposé à trouer à pareille heure. Il fit un geste pour indiquer que la conversation n'irait pas plus loin. Mais l'Anglais le retint encore un instant.

– Connaissez-vous un lieu où nous pourrions trouver de l'aide, pas trop loin d'ici ?... Ou bien nous reposer un peu ?

Diego Alatriste allait répondre une dernière fois par la négative avant de s'enfoncer dans les ténèbres quand une idée lui traversa l'esprit, comme un éclair. Lui-même n'avait nulle part où aller, car l'Italien et les renforts que lui donneraient les hommes masqués et le père Bocanegra ne manqueraient pas d'aller le chercher dans son galetas de la rue de l'Arquebuse, où je dormais comme un bienheureux. A moi, personne ne me ferait de mal. Tandis qu'à lui, on lui trancherait la gorge avant qu'il n'ait le temps de s'emparer d'une arme. Il avait une chance de trouver refuge pour la nuit et de s'assurer d'une aide en cas de besoin. Et en même temps, il secourait les Anglais tout en se donnant la possibilité d'en apprendre davantage sur leur compte et sur ceux qui voulaient les expédier dans l'autre monde. Cette carte que Diego Alatriste avait dans sa manche, mais dont il s'efforçait de ne jamais abuser, s'appelait Alvaro de la Marca, comte de Guadalmedina. Et son palais était à cent pas.

– Tu t'es mis dans de beaux draps.

Alvaro Luis Gonzaga de la Marca y Álvarez de Sidonia, comte de Guadalmedina, était élégant, bel homme et si riche qu'il pouvait perdre dix mille ducats en une seule nuit de jeu ou en compagnie d'une de ses maîtresses sans même un battement de cil. A l'époque de l'aventure des deux Anglais, il devait avoir trente-trois ou trente-quatre ans et se trouvait donc dans la fleur de l'âge. Fils du vieux comte de Guadalmedina – Don Fernando Gonzaga de la Marca, héros des campagnes de Flandre à l'époque du grand Philippe II et de son successeur Philippe III –, Alvaro de la Marca avait hérité de son père une grandesse d'Espagne et pouvait rester couvert en présence du jeune monarque, Philippe IV, qui l'honorait de son amitié et, à ce que l'on disait, l'accompagnait dans ses équipées nocturnes avec des actrices et des dames de basse extraction, que tous les deux prisaient beaucoup. Célibataire, coureur, courtisan, cultivé, poète à ses heures, galant et séducteur, Guadalmedina avait acheté au roi la charge des postes royales après la scandaleuse et récente mort du bénéficiaire antérieur, le comte de Villamediana, une crapule, assassiné pour une histoire de jupes ou de jalousie. Dans cette Espagne corrompue où tout était à vendre, de la dignité ecclésiastique aux emplois les plus lucratifs de l'État, le titre et les bénéfices de surintendant des postes de Sa Majesté avaient accru la fortune et l'influence de Guadalmedina à la cour, influence d'autant plus prestigieuse qu'il avait aussi fait une brève mais brillante carrière militaire dans sa jeunesse quand, vers l'âge de vingt ans, il avait fait partie de l'état-major du duc d'Osuna sous les ordres duquel il s'était battu contre les Vénitiens et contre le Turc à bord des galères espagnoles de Naples. C'était à cette époque qu'il avait fait la connaissance de Diego Alatriste.

– Dans de beaux draps, c'est le moins qu'on puisse dire, répéta Guadalmedina.

Le capitaine haussa les épaules. Sans chapeau et sans cape, il était debout dans une petite pièce décorée de tapisseries flamandes. A côté de lui, sur une table recouverte de velours vert, attendait un verre d'eau-de-vie qu'il n'avait pas touché. Vêtu d'une splendide robe de chambre, chaussé de mules de satin, le front plissé, Guadalmedina faisait les cent pas devant la cheminée, réfléchissant à ce qu'Alatriste venait de lui conter : l'histoire véridique de ce qui s'était passé, point par point, à l'exception de quelques omissions, depuis l'épisode des hommes masqués jusqu'au dénouement du guet-apens dans la ruelle. Le comte était l'une des rares personnes en qui Alatriste pouvait avoir une confiance aveugle. Et, comme il l'avait décidé en conduisant les deux Anglais à son palais, il n'avait guère le choix.

– Sais-tu qui tu as tenté de tuer aujourd'hui ?

– Non. Je n'en sais rien – Alatriste choisissait ses mots avec une extrême prudence. En principe, un certain Thomas Smith et son compagnon. C'est du moins ce qu'on me dit. Ou plutôt ce qu'on m'a dit.

– Qui te l'a dit ?

– J'aimerais bien le savoir.

Alvaro de la Marca s'était arrêté devant lui et le regardait, perplexe. Le capitaine se contenta de faire un bref signe de tête affirmatif et il entendit l'aristocrate murmurer un « juste ciel » avant de reprendre sa marche. Pendant ce temps, les domestiques du comte, mandés de toute urgence, s'occupaient des Anglais dans le meilleur salon du palais. Tandis qu'il attendait, Alatriste avait entendu des portes s'ouvrir et se refermer, les voix des laquais à la porte principale, des hennissements dans les écuries d'où venait la lueur de torches à travers les fenêtres aux carreaux sertis de plomb. La maison semblait être sur le pied de guerre. Le comte lui-même avait écrit des billets urgents dans son cabinet de travail avant d'aller retrouver Alatriste. Ordinairement plein de sang-froid et toujours de belle humeur, le capitaine ne l'avait vu que bien peu de fois aussi troublé.

– Thomas Smith... murmura le comte.

– C'est ce qu'on m'a dit.

– Thomas Smith, tout court.

– Exactement.

Guadalmedina s'était une fois de plus arrêté devant lui.

– Thomas Smith, tu parles, finit-il par dire avec impatience. L'homme au costume gris s'appelle Georges Villiers. Ce nom te dit-il quelque chose ?... – d'un geste brusque, il prit sur la table le verre auquel Alatriste n'avait pas touché et le vida d'un trait. Plus connu en Europe sous son titre anglais : marquis de Buckingham.

Un homme moins trempé que Diego Alatriste y Tenorio, ancien soldat des Tercios de Flandre, aurait cherché de toute urgence une chaise où s'asseoir. Ou, plus exactement, où se laisser tomber. Mais il resta bien droit, soutenant le regard de Guadalmedina comme si rien de tout cela ne le concernait. Pourtant, bien plus tard, devant un pichet de vin et avec moi comme unique témoin, le capitaine allait reconnaître qu'en cet instant il avait dû glisser ses pouces sous son ceinturon pour empêcher ses mains de trembler. Et que sa tête s'était mise à tourner comme s'il s'était trouvé sur un tourniquet de foire. Le marquis de Buckingham, comme tout le monde le savait en Espagne, était le jeune favori du roi Jacques Ier d'Angleterre : fleur de la noblesse anglaise, fameux gentilhomme, élégant courtisan, adoré par les dames, appelé à de très hautes fonctions dans la gestion des affaires d'État de Sa Majesté britannique. Il serait d'ailleurs fait duc quelques semaines plus tard, pendant son séjour à Madrid.

– Pour résumer, conclut Guadalmedina d'une voix courroucée, tu as failli tuer le favori du roi d'Angleterre qui voyage incognito. Quant à l'autre...

– John Smith ?

Cette fois, il y avait une note d'humour résigné dans le ton de Diego Alatriste. Guadalmedina leva les mains comme pour les porter à sa tête et le capitaine remarqua que la seule mention de John Smith avait fait pâlir l'aristocrate. Alvaro de la Marca passa l'ongle de son pouce dans la petite barbe qu'il avait taillée en pointe, puis se remit à regarder le capitaine de haut en bas, admiratif.

– Tu es incroyable, Alatriste – il fit quelques pas, puis s'arrêta encore en le regardant avec la même expression. Incroyable.

Parler d'amitié pour définir la relation qui existait entre Guadalmedina et le vieux soldat eût été excessif. Il s'agissait plutôt de considération mutuelle, dans les limites de chacun. Alvaro de la Marca estimait sincèrement le capitaine. Cette histoire remontait à l'époque où, encore jeune, Diego Alatriste avait servi en Flandre et s'était distingué sous les drapeaux du vieux comte Fernando de Guadalmedina qui l'avait honoré à maintes reprises de son affection et de son estime. Plus tard, les hasards de la guerre avaient rapproché le jeune comte de Diego Alatriste, à Naples, et l'on racontait que ce dernier, quoique simple soldat, avait rendu au fils de son ancien général quelques services importants lors de l'expédition des Querquenes qui avait tourné au désastre. Alvaro de la Marca ne l'avait pas oublié et, avec le temps, héritier de la fortune et des titres de son père, ayant troqué les armes pour la vie de courtisan, il s'était souvenu du capitaine. A l'occasion, il l'engageait comme spadassin pour régler des questions d'argent, l'escorter dans des aventures galantes ou périlleuses, ou ajuster ses comptes avec des maris cocus, des rivaux en amour et des créanciers importuns, comme ce petit marquis de Soto auquel, nous l'avons vu, Alatriste avait administré, sur les ordres de Guadalmedina, une dose mortelle de bon acier de Tolède. Mais loin d'abuser de cette situation, ce qu'auraient fait sans nul doute une bonne partie des matamores patentés qui fréquentaient Madrid à la recherche d'un bénéfice ou de doublons, Diego Alatriste gardait ses distances et n'avait recours au comte qu'en cas de nécessité absolue, comme cette nuit-là. Chose qu'il n'aurait d'ailleurs jamais faite s'il n'avait été sûr de la qualité des deux hommes qu'il avait attaqués. Et il allait bientôt connaître toute la gravité de son geste.

– Tu es certain de n'avoir reconnu aucun des hommes masqués qui t'ont chargé de cette affaire ?

– Je l'ai déjà dit à Votre Grâce. Des gens respectables, mais je n'ai pu en identifier aucun.

Guadalmedina passa la main dans sa barbiche.

– Ils n'étaient que deux avec toi ?

– Deux, pour autant que je m'en souvienne.

– Et l'un t'a dit de ne pas les tuer, et l'autre de le faire.

– A peu près.

Le comte regarda longuement Alatriste.

– Pardieu, tu me caches quelque chose.

Le capitaine haussa les épaules en soutenant le regard de son protecteur.

– Peut-être, répondit-il avec calme.

Alvaro de la Marca esquissa un sourire en coin sans le quitter des yeux. Il connaissait assez Alatriste pour savoir qu'il ne tirerait rien d'autre de lui, même si le comte menaçait de se désintéresser de l'affaire et de le jeter à la rue.

– Très bien, conclut-il. Après tout, c'est ta tête que tu joues.

Le capitaine acquiesça, résigné. L'une des rares omissions de son récit avait consisté à taire la présence du père Emilio Bocanegra. Non pas qu'il voulût protéger l'inquisiteur, qui n'en avait nul besoin, mais parce que, en dépit de la confiance absolue qu'il faisait à Guadalmedina, il n'avait pas la fibre d'un délateur. Parler des deux hommes masqués était une chose, dénoncer qui lui avait commandé un travail en était une autre, même si l'un d'eux était le dominicain et si, à l'issue de toute cette histoire, il risquait de finir entre les mains fort peu agréables du bourreau. Le capitaine payait la bienveillance de l'aristocrate en lui confiant le sort de ces Anglais et le sien. Ancien soldat devenu homme de main, il avait quand même lui aussi son code d'honneur. Et il n'était pas disposé à l'enfreindre même s'il y allait de sa vie. Guadalmedina le savait parfaitement. En d'autres occasions, quand c'était le nom d'Alvaro de la Marca qui s'était trouvé en jeu, le capitaine s'était refusé à le révéler, et toujours avec le même aplomb. Dans cette petite partie du monde que tous deux partageaient en dépit de leurs vies si différentes, telles étaient les règles. Guadalmedina entendait les respecter, même s'agissant de ce marquis de Buckingham et de son compagnon qui attendaient assis dans la grande salle du palais. A son expression, il était évident qu'Alvaro de la Marca réfléchissait aussi vite que possible au meilleur parti qu'il pouvait tirer du secret d'État que le hasard et Diego Alatriste venaient de déposer entre ses mains.

Un valet apparut à la porte et s'arrêta respectueusement. Le comte se dirigea vers lui et Diego Alatriste les entendit échanger quelques mots à voix basse. Quand le serviteur se fut retiré, Guadalmedina revint vers le capitaine, l'air pensif.

– Je comptais faire prévenir l'ambassadeur d'Angleterre, mais ces deux gentilshommes disent qu'il n'est pas souhaitable que la rencontre ait lieu dans ma maison... Comme ils sont remis, je vais les escorter moi-même avec plusieurs hommes de confiance jusqu'à la Maison aux sept cheminées, afin d'éviter d'autres rencontres désagréables.

– Puis-je me rendre utile auprès de Votre Grâce ?

Le comte le regarda d'un air ironique et las.

– Je crains que tu n'en aies déjà fait assez pour aujourd'hui. Tu ferais mieux de t'abstenir.

Alatriste acquiesça, soupira et, d'un geste lent et résigné, fit mine de se retirer. En aucun cas il ne pouvait rentrer chez lui, ni se réfugier chez l'un de ses amis. Et si Guadalmedina ne lui offrait pas son toit, il allait devoir errer dans les rues, à la merci de ses ennemis ou des argousins de Martín Saldaña, qui devaient déjà être alertés. Le comte le savait pertinemment. Et il savait aussi que, trop fier, jamais Diego Alatriste ne lui demanderait clairement asile. Si Guadalmedina se dérobait à ce message tacite, le capitaine n'aurait d'autre choix que d'affronter à nouveau la rue, sans autre secours que son épée. Mais le comte souriait, distrait dans ses réflexions.

– Tu peux rester ici cette nuit, dit-il. Demain, nous verrons ce que la vie nous réserve… J'ai ordonné qu'on te prépare une chambre.

Alatriste se détendit imperceptiblement. Par la porte entrouverte, il vit plusieurs domestiques préparer les habits du comte. L'un d'eux apporta une casaque et plusieurs pistolets chargés. Alvaro de la Marca ne semblait pas disposé à laisser ses hôtes inattendus courir de nouveaux risques.

– Dans quelques heures, on annoncera l'arrivée de ces deux gentilshommes et tout Madrid en sera renversé – soupira le comte. Et eux me demandent sur mon honneur de gentilhomme de taire l'escarmouche qu'ils ont eue avec toi et celui qui t'accompagnait, de même que l'aide que tu leur as apportée en les conduisant jusqu'ici… C'est une affaire très délicate, Alatriste. Et il y va de bien plus que de ton cou. Officiellement, le voyage doit prendre fin sans incidents devant l'hôtel de l'ambassadeur d'Angleterre. Et nous allons nous y employer à l'instant même.

Il se dirigeait vers la pièce où l'on préparait ses

vêtements quand il parut tout à coup se souvenir de quelque chose.

– Mais j'y pense, fit-il en s'arrêtant... Ils désirent te voir avant de s'en aller. J'ignore comment diantre tu t'y es pris, mais je leur ai raconté qui tu étais, comment le coup a été monté, et ils ne semblent pas t'en garder trop de rancune. Ces Anglais et leur fichu flegme britannique !... Pardieu, si c'était à moi que tu avais réservé une si mauvaise surprise, j'aurais demandé ta tête sur-le-champ. Je n'aurais pas hésité un instant à te faire assassiner.

L'entrevue ne dura que quelques minutes. Elle eut lieu dans l'immense vestibule du palais, sous un tableau du Titien représentant Danaé fécondée par Zeus, sous la forme d'une pluie d'or. Vêtu et armé comme s'il allait attaquer une galère turque, la crosse de ses pistolets dépassant du ceinturon à côté de l'épée et de la dague, Alvaro de la Marca conduisit le capitaine là où se tenaient les Anglais, prêts à sortir, drapés dans leurs capes, entourés des domestiques du comte, eux aussi armés jusqu'aux dents. Dehors, d'autres valets attendaient avec des torches et des hallebardes, et il ne manquait qu'un tambour pour que l'on crût à une patrouille nocturne sur le pied de guerre.

– Voici l'homme, dit Guadalmedina, ironique, en leur montrant le capitaine.

Les Anglais avaient fait toilette et s'étaient remis de leur voyage. On avait brossé leurs vêtements, qui étaient à présent raisonnablement propres. Le plus jeune portait autour du cou une large écharpe qui soutenait le bras sous lequel il avait été blessé. Dans son costume gris, l'autre Anglais, celui qu'Alvaro de la Marca avait identifié comme étant Buckingham, affichait une arrogance qu'Alatriste ne se souvenait pas lui avoir vue dans la ruelle obscure. A l'époque, Georges Villiers, marquis de Buckingham, était déjà grand amiral d'Angleterre et jouissait d'une influence considérable à la cour du roi Jacques Ier. Bien fait de sa personne, ambitieux, intelligent, romanesque et aventurier, il était sur le point de recevoir le titre de duc sous lequel il allait passer à l'Histoire et à la légende. Le favori du roi d'Angleterre, dont la puissance s'étendait jusque dans les antichambres de Saint-James, regardait à présent son agresseur avec une attention froide et dédaigneuse. Impassible, Alatriste attendit la fin de cet examen. Marquis, archevêque ou vilain, cet homme élégant aux traits réguliers le laissait de glace, qu'il fût favori du roi Jacques ou cousin germain du pape. C'était le père Emilio Bocanegra et les deux hommes masqués qui l'empêcheraient de dormir cette nuit-là, et sans doute bien d'autres.

– Vous avez bien failli nous tuer tout à l'heure, dit l'Anglais d'un air parfaitement serein en s'adressant à Diego Alariste dans son mauvais espagnol, mais en restant tourné vers Guadalmedina.

– Je regrette ce qui s'est passé, répondit tranquillement le capitaine qui inclina la tête. Mais nous ne sommes pas tous maîtres de nos épées.

L'Anglais le regarda fixement. La spontanéité qu'Alatriste avait lue sur son visage dans la ruelle avait disparu, cédant la place à un regard méprisant. L'homme avait eu le temps de reprendre ses esprits et le souvenir de s'être vu à la merci d'un spadassin inconnu blessait son amour-propre. D'où cette arrogance toute neuve qu'Alatriste n'avait point décelée en lui lorsqu'ils avaient croisé le fer à la lumière de la lanterne.

– Je crois que nous sommes quittes, dit enfin l'Anglais.

Et, tournant brusquement le dos au capitaine, il enfila ses gants.

A côté de lui, le plus jeune des deux Anglais, celui qui se faisait appeler John Smith, gardait le silence. Il avait le front haut, blanc et noble, des traits fins, des mains délicates, un port élégant. Malgré ses vêtements de voyage, on devinait à une lieue un jeune homme d'excellente famille. Le capitaine entrevit un léger sourire sous la fine moustache blonde. Il allait saluer une deuxième fois et se retirer quand le jeune homme prononça quelques mots dans sa langue. Buckingham tourna la tête. Du coin de l'œil, Alatriste vit sourire Guadalmedina qui, en plus du français et du latin, parlait la langue des hérétiques.

– Mon ami dit qu'il vous doit la vie – Georges Villiers semblait mal à l'aise, comme si pour lui l'entretien était déjà terminé et qu'il lui en coûtait de traduire ce que disait son jeune compagnon. La dernière botte tirée par l'homme en noir était mortelle.

– C'est possible – Alatriste se permit lui aussi un bref sourire. Nous avons tous eu de la chance cette nuit, me semble-t-il.

L'Anglais acheva d'enfiler ses gants en écoutant avec attention ce que lui disait son compagnon.

– Mon ami demande aussi ce qui vous a fait changer de camp.

– Je n'ai pas changé de camp, répondit Alatriste. Je ne défends que le mien. Et je chasse seul.

Le plus jeune le regarda un moment, songeur, pendant qu'on lui traduisait la réponse. Tout à coup, il parut posséder plus de maturité et d'autorité que son compagnon. Le capitaine remarqua que Guadalmedina lui-même semblait lui témoigner plus de déférence qu'à l'autre, tout Buckingham qu'il fût. Alors le jeune homme reprit la parole. Le marquis protesta, comme s'il se refusait à traduire ce qu'il venait de dire. Mais le plus jeune insista avec une voix pleine d'autorité qui surprit Alatriste.

– Ce gentilhomme dit, traduisit Buckingham de mauvaise grâce, que peu importe qui vous êtes et quel est votre métier. Vous avez agi avec noblesse en ne laissant point qu'on l'assassine comme un chien, par trahison... En dépit de tout, il se considère comme votre obligé et désire que vous le sachiez... Il dit – et ici le traducteur douta un instant, échangeant un regard inquiet avec Guadalmedina avant de poursuivre – que demain toute l'Europe saura que le fils et l'héritier du roi Jacques d'Angleterre est à Madrid, avec pour seule escorte celle de son ami le marquis de Buckingham... Et que, même si la raison d'État empêche de faire connaître ce qui s'est passé cette nuit, lui, Charles, prince de Galles, futur roi d'Angleterre, d'Écosse et d'Irlande, n'oubliera jamais qu'un homme nommé Diego Alatriste aurait pu l'assassiner, mais s'est refusé à le faire.

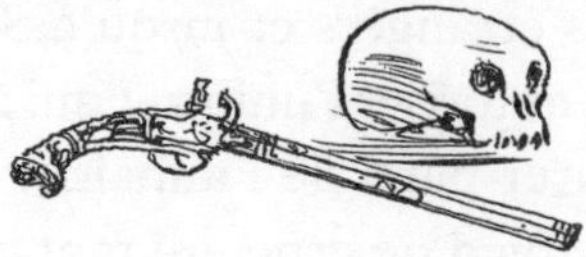

VI

L'ART DE SE FAIRE DES ENNEMIS

Le lendemain, Madrid s'éveilla au bruit de l'incroyable nouvelle. Charles Stuart, le rejeton du léopard anglais, lassé de la lenteur des négociations matrimoniales avec l'infante Doña María, sœur de notre roi Philippe IV, avait conçu avec son ami Buckingham ce projet aussi insensé qu'extraordinaire : se rendre incognito à Madrid pour faire connaissance avec sa fiancée et transformer en chevaleresque roman d'amour le froid jeu diplomatique qui s'éternisait depuis des mois dans les chancelleries. Le mariage entre le prince anglican et la princesse catholique était devenu un inextricable imbroglio auquel étaient mêlés ambassadeurs, diplomates, ministres, gouvernements étrangers et jusqu'à Sa Sainteté le pape qui devait autoriser l'union et qui essayait naturellement de tirer parti de l'aubaine. Si bien que, lassé de faire le pied de grue – si tant est qu'il y eût des grues chez ces maudits Anglais –, l'imagination juvénile du prince de Galles, soutenu par Buckingham, avait décidé de couper court à ces lenteurs. Ils avaient alors conçu tous les deux cette aventure hasardeuse, convaincus que se rendre en Espagne sans tambour ni trompette vaudrait au prince de conquérir sur-le-champ la jeune infante et de l'emmener en Angleterre, sous les regards ébahis de l'Europe tout entière et sous les applaudissements des peuples espagnol et anglais.

A peu de chose près, l'essentiel de leur plan était celui-là. Après s'y être opposé, Jacques Ier avait fini par donner sa bénédiction aux deux jeunes gens et les avait autorisés à se mettre en route. Tout compte fait, si pour le vieux roi les risques de l'entreprise étaient grands – un accident, un échec ou le déplaisir des Espagnols risquaient de ternir l'honneur de l'Angleterre –, les avantages d'une fin heureuse l'emportaient encore. En premier lieu, que son fils eût comme beau-frère le monarque de la nation encore la plus puissante du monde n'était pas rien. Ensuite, ce mariage, désiré par la cour d'Angleterre mais accueilli avec froideur par le comte d'Olivares et les conseillers ultracatholiques du roi d'Espagne, mettrait fin à la vieille inimitié qui séparait les deux nations. N'oubliez pas que trente ans à peine s'étaient écoulés depuis la défaite de l'Invincible Armada. Vous connaissez la suite : un coup de canon par-ci, un coup de roulis par-là, et à l'abordage, sans compter le bras de fer fatal entre notre bon roi Philippe II et cette harpie aux cheveux roux qui avait pour nom Élisabeth d'Angleterre, bienfaitrice des protestants, des fils à putain et des pirates, plus connue sous le nom de Reine vierge, encore qu'on ait eu du mal à imaginer de qui ou de quoi. Bref, un mariage entre le jeune hérétique et notre infante – qui, sans être Vénus, avait du charme, comme le montrent les tableaux peints par Diego Velázquez un peu plus tard, jeune et blonde, une vraie dame, avec la lèvre charnue des Autrichiens – ouvrirait pacifiquement à l'Angleterre les portes du commerce avec les Indes occidentales, lui retirant du même coup cette épine dans le pied qu'était la question du Palatinat. Mais je m'arrête là. Les manuels d'Histoire vous en diront plus que moi.

Telle était donc la donne cette nuit-là, alors que moi je dormais à poings fermés sur ma paillasse de la rue de l'Arquebuse, ignorant tout de ce qui se tramait, à mille lieues de soupçonner que le capitaine Alatriste passait une nuit blanche, une main sur la crosse de son pistolet, son épée à portée de l'autre, dans une chambre de service du comte Guadalmedina. Quant à Charles Stuart et à Buckingham, ils furent logés avec tous les honneurs et toutes les commodités chez l'ambassadeur d'Angleterre. Le lendemain, quand la nouvelle se répandit et alors que les conseillers de Sa Majesté, le comte d'Olivares à leur tête, tentaient de trouver une issue à cet imbroglio diplomatique, les Madrilènes accoururent en foule devant la Maison aux sept cheminées pour acclamer l'audacieux voyageur. Charles Stuart était ardent et optimiste. Il venait de fêter ses vingt-deux ans et, avec la fougue de la jeunesse, il était aussi sûr du pouvoir de séduction de son geste que de l'amour d'une infante qu'il n'avait encore jamais vue. En outre, il était convaincu que les Espagnols, fidèles à leur réputation de chevalerie et d'hospitalité, seraient, comme sa dame, conquis par tant de galanterie. Et en cela, il ne se trompait point. Si, dans ce demi-siècle ou presque que dura le règne de notre bon et inutile monarque Philippe IV, mal nommé le Grand, les gestes de chevalerie et d'hospitalité, la messe aux jours de repos et les promenades avec l'épée bien roide et le ventre bien creux avaient pu remplir les caisses ou permis de nourrir nos armées en Flandre, moi, le capitaine Alatriste, les Espagnols en général et la pauvre Espagne tout entière nous aurions tous connu un autre sort. On a donné le nom de Siècle d'or à cette époque infâme. Mais le fait est que nous qui l'avons vécue et en avons souffert, d'or n'avons vu miette, et d'argent, à peine. Sacrifices stériles, glorieuses déroutes, corruption éhontée, gueuserie et misère, oui nous en eûmes tout notre soûl. Mais aujourd'hui on regarde un tableau de Diego Velázquez, on entend quelques vers de Lope de Vega ou de Calderón, on lit un sonnet de Don Francisco de Quevedo, et l'on se dit que tous ces sacrifices valurent peut-être la peine.

Revenons à nos moutons. Je vous racontais que la nouvelle de l'aventure se répandit comme une traînée de poudre, gagnant le cœur de tous les Madrilènes, même si l'arrivée inopinée de l'héritier de la couronne britannique, comme on le sut plus tard, fit au roi et au comte d'Olivares l'effet d'un coup de pistolet entre les deux yeux. On sauvegarda les apparences, bien entendu. On multiplia témoignages de bienvenue et compliments. Pas un mot de l'escarmouche dans la ruelle. Diego Alatriste apprit ce qui s'était passé quand le comte de Guadalmedina rentra chez lui, tard dans la matinée, heureux d'avoir escorté sans encombre les deux jeunes gens et de s'être attaché leur gratitude ainsi que celle de l'ambassadeur d'Angleterre. Après les échanges de politesses de rigueur dans la Maison aux sept cheminées, Guadalmedina avait été mandé de toute urgence à l'Alcázar où il avait fait part de l'incident au roi et au Premier ministre. Ayant donné sa parole, le comte ne pouvait révéler les détails du guet-apens.

Sans encourir le mécontentement royal ni manquer à sa parole de gentilhomme, Alvaro de la Marca sut cependant donner quelques informations sans importance et, entre gestes, sous-entendus et silences, fit si bien que le roi comme son ministre comprirent, horrifiés, que les deux imprudents voyageurs avaient bien failli passer de vie à trépas dans une ruelle obscure de Madrid.

L'explication, ou du moins certaines des clefs qui permirent à Diego Alatriste de se faire une idée de qui jouait cette partie, lui vint de la bouche de Guadalmedina qui, après avoir passé la moitié de la matinée en allées et venues entre la Maison aux sept cheminées et le Palais royal, apporta des nouvelles fraîches, quoique peu rassurantes pour le capitaine.

– En réalité, l'affaire est simple, résuma le comte. L'Angleterre fait pression depuis longtemps pour qu'on célèbre ce mariage. Mais Olivares et le Conseil qui est placé sous son influence ne sont pas pressés. Qu'une infante de Castille épouse un prince anglican leur semble sentir le soufre... A dix-huit ans, le roi est trop jeune et, en ceci comme dans tout le reste, il se laisse guider par Olivares. En fait, les membres du cercle privé pensent que le ministre n'a pas l'intention de donner son aval aux épousailles, sauf si le prince de Galles se convertit au catholicisme. C'est pour cette raison qu'Olivares fait traîner les choses et que le jeune Charles a décidé de prendre le taureau par les cornes et de nous mettre devant le fait accompli.

Assis à la table recouverte de velours vert, Alvaro de la Marca prenait une collation. La matinée était déjà bien avancée. Les deux hommes se trouvaient de nouveau dans la pièce où, la veille au soir, le comte avait reçu Diego Alatriste. L'aristocrate mangeait avec grand appétit des beignets de poulet arrosés d'une demi-pinte de vin servi dans un carafon d'argent : son succès diplomatique et social dans cette affaire lui avait aiguisé l'appétit. Il avait invité Alatriste à s'asseoir à sa table, mais celui-ci s'y était refusé. Debout contre le mur, il regardait son protecteur manger. Il avait posé sa cape, son épée et son chapeau sur une chaise voisine et son visage mal rasé portait les traces d'une nuit blanche.

– Qui Votre Grâce pense-t-elle que ce mariage dérange le plus ?

Guadalmedina le regarda entre deux bouchées.

– Ouf. Bien des gens – il déposa son beignet sur son assiette et se mit à compter sur ses doigts luisant de graisse. En Espagne, l'Église et l'Inquisition sont absolument contre. A cela, il faut ajouter le pape, la France, la Savoie et Venise qui sont prêts à tout pour empêcher une alliance entre l'Angleterre et l'Espagne… Imagines-tu ce qui serait arrivé si tu avais tué le prince et Buckingham hier soir ?

– La guerre avec l'Angleterre, je suppose.

Le comte se remit à manger.

– Tu supposes bien, fit-il, la mine sombre. Pour le moment, tout le monde est d'accord pour garder le silence. Le prince de Galles et Buckingham soutiennent qu'ils ont été attaqués par de vulgaires malandrins. Le roi et Olivares ont fait comme s'ils les croyaient. Ensuite, dans le privé, le roi a demandé à son conseiller de faire enquête et celui-ci lui a promis de s'en occuper – Guadalmedina s'arrêta pour boire un long trait de vin, puis s'essuya la moustache et la barbe avec une énorme serviette blanche que l'empois faisait craquer... Connaissant Olivares, je suis convaincu qu'il a pu monter le coup, mais je ne le crois pas capable d'être allé aussi loin. La trêve avec la Hollande ne tient plus que par un fil et il serait absurde de détourner nos forces pour une entreprise inutile contre l'Angleterre...

Le comte avala ce qui restait de son beignet en regardant distraitement la tapisserie flamande qui pendait au mur derrière son interlocuteur : des chevaliers assiégeant un château et des soldats enturbannés qui leur lançaient des flèches et des pierres du haut des créneaux, l'air féroce. Il y avait plus de trente ans qu'elle était là, depuis que le vieux général Don Fernando de la Marca s'en était emparé durant le dernier sac d'Anvers, à l'époque glorieuse du grand roi Philippe II. Et maintenant, son fils Alvaro mastiquait lentement devant elle, songeur. Puis il tourna les yeux vers Diego Alatriste.

– Ces hommes masqués qui ont loué tes services peuvent être des agents payés par Venise, la Savoie, la France ou d'autres. Va donc savoir. Es-tu sûr qu'ils étaient espagnols ?

– Comme Votre Grâce et moi-même. Et il s'agissait de gens de qualité.

– Ne te fie pas à la qualité. Ici, tout le monde prétend la même chose : celui-ci est vieux chrétien, celui-là hidalgo ou gentilhomme. Hier, j'ai dû me défaire de mon barbier qui voulait me raser avec son épée à la ceinture. Même les laquais portent la leur. Et comme le travail est le début du déshonneur, plus personne ne fait rien.

– Ceux dont je parle étaient vraiment des gens de qualité. Et ils étaient espagnols.

– Bon. Espagnols ou pas, le résultat est le même. Les étrangers peuvent bien acheter ici qui bon leur semble… – l'aristocrate eut un petit rire amer. Dans cette Espagne autrichienne, mon cher, avec de l'or on peut acheter aussi bien le noble que le vilain. Tout est à vendre, sauf l'honneur national. Et même lui, on le trafique en douce à la première occasion. Pour le reste, que veux-tu que je te dise. Notre conscience… – il lança un regard au capitaine pardessus le carafon d'argent. Nos épées…

– Ou nos âmes, fit Alatriste.

Guadalmedina but une gorgée sans le quitter des yeux.

– Oui. Tes hommes masqués peuvent tout aussi bien être à la solde de notre bon pontife Grégoire XV. Le Saint-Père ne peut pas souffrir les Espagnols.

Aucun feu ne brûlait dans la grande cheminée de pierre et de marbre. Le soleil qui entrait par les fenêtres était à peine tiède. Mais à cette seule mention de l'Église, Diego Alatriste eut l'impression d'avoir trop chaud. L'image sinistre du père Emilio Bocanegra traversa de nouveau sa mémoire, comme un spectre. Il avait passé la nuit à la voir se profiler sur le plafond noir de sa chambre, entre les ombres des arbres derrière la fenêtre, dans la pénombre du corridor. Et la lumière du jour ne suffisait pas à la faire s'évanouir. Les paroles de Guadalmedina l'avaient fait renaître, comme un mauvais présage.

– Qui qu'ils soient – continuait le comte –, leur objectif est clair : empêcher le mariage, donner une terrible leçon à l'Angleterre et faire éclater la guerre entre les deux nations. Et toi, tu as tout mis par terre en changeant d'idée. Tu es vraiment passé maître dans l'art de te faire des ennemis. A ta place, je ferais attention à ma peau. Le problème, c'est que je ne peux te protéger davantage. Si tu restais ici, je me trouverais compromis. A ta place, je ferais un long voyage, très loin... Et quoi que tu saches, n'en parle à personne, même pas dans le secret du confessionnal. Si un prêtre l'apprend, il jettera sa soutane aux orties, vendra ton secret, et sa fortune sera faite.

– Et l'Anglais ?... Est-il en sécurité ?

Guadalmedina lui en donna l'assurance. Maintenant que toute l'Europe était au courant de sa présence à Madrid, l'Anglais était autant à l'abri que dans sa maudite Tour de Londres. Olivares et le roi pouvaient multiplier les atermoiements et les démonstrations d'affection, lui faire promesse après promesse jusqu'à ce qu'il se lasse, jamais ils ne laisseraient qu'on attentât à sa vie.

– De plus, continua le comte, Olivares est malin et il sait improviser. Il change facilement d'idée, et le roi avec lui. Sais-tu ce qu'il a dit ce matin au prince de Galles, devant moi ?... Que s'il n'obtenait pas de dispense de Rome et ne pouvait lui donner l'infante comme épouse, il la lui donnerait comme maîtresse... Cet Olivares est vraiment incroyable ! Un fils à putain malgré tous ses grands airs, habile et dangereux, plus rusé qu'un renard. Et Charles est content, car il est sûr de tenir María dans ses bras.

– Sait-on ce qu'elle pense ?

– Elle a vingt ans, alors tu peux imaginer. Elle se laisse désirer. Qu'un hérétique de sang royal, jeune et joli garçon, soit capable de ce qu'il a fait pour elle la repousse et la fascine en même temps.

Mais c'est une infante de Castille et le protocole passe avant tout. Je doute qu'on les laisse roucouler seul à seul le temps de dire un Ave Maria… Justement, il m'est venu le début d'un sonnet alors que je rentrais ici :

Le prince de Galles vint ici galamment
en quête d'infante, de noce et de thalame.
Or il ne savait, ce léopard, que la flamme
ne couronne point l'audacieux, mais le patient.

… Qu'en penses-tu ? – Alvaro de la Marca regardait d'un air interrogateur Alatriste qui souriait légèrement, amusé et prudent, préférant ne pas donner son opinion. Pardieu, je ne suis pas Lope de Vega, j'en conviens. Et j'imagine que ton ami Quevedo y trouverait beaucoup à redire. Mais venant de moi, je ne suis pas trop mécontent… Si tu vois ces vers circuler sur des feuilles anonymes, au moins tu sauras de qui ils sont – le comte vida ce qu'il restait de vin et se leva en jetant sa serviette sur la table. Revenons à des choses plus sérieuses. Il est clair qu'une alliance avec l'Angleterre nous serait profitable dans nos démêlés avec la France qui, après les protestants, et je dirais même avant eux, est notre principale menace en Europe. Peut-être le roi et Olivares finiront-ils par changer d'avis et autoriseront-ils le mariage. Mais, si j'en crois ce qu'ils m'ont confié dans le secret de leur cabinet, j'en serais fort surpris.

Il fit quelques pas dans la pièce, regarda une fois de plus la tapisserie volée par son père à Anvers, puis s'arrêta, songeur, devant la fenêtre.

– De toute façon, reprit-il, frapper de nuit un voyageur anonyme qui officiellement ne se trouvait pas ici était une chose. Attenter aujourd'hui à la vie du petit-fils de Marie Stuart, hôte du roi d'Espagne et futur monarque d'Angleterre, en est une autre bien différente. Le moment n'est plus propice. Pour cette raison, je m'imagine que tes hommes masqués sont furieux et qu'ils réclament vengeance. Et il ne leur conviendrait pas que des témoins puissent parler. Or, la meilleure manière de réduire un témoin au silence est encore de le transformer en cadavre… – il regardait fixement son interlocuteur. Comprends-tu la situation ? Tant mieux. Et maintenant, capitaine Alatriste, je t'ai consacré trop de temps. J'ai à faire. Par exemple terminer mon sonnet. Alors, débrouille-toi et que Dieu te protège.

Tout Madrid était en fête, et la curiosité populaire avait transformé les abords de la Maison aux sept cheminées en un pittoresque rassemblement de foule. Des groupes de curieux remontaient la rue d'Alcalá jusqu'à l'église des carmes déchaussés où ils se pressaient devant l'hôtel de l'ambassadeur d'Angleterre. Quelques alguazils tenaient mollement à l'écart la foule qui applaudissait au passage tous les carrosses qui entraient ou sortaient du palais. On réclamait à grands cris que le prince de Galles sortît saluer. Et quand, vers le milieu de la matinée, un jeune homme blond apparut un instant à une fenêtre, il fut accueilli par une ovation tonitruante à laquelle il répondit d'un geste de la main, si affable qu'il conquit immédiatement le cœur de la populace rassemblée dans la rue. Généreux, aimable, accueillant avec ceux qui savaient toucher son cœur, le peuple madrilène dispensa à l'héritier du trône d'Angleterre, pendant les mois qu'il passa à la cour, des marques toujours identiques d'affection et de bienveillance. L'histoire de notre malheureuse Espagne eût été bien différente si l'élan du peuple, souvent généreux, l'avait emporté sur l'aride raison d'État, l'égoïsme, la vénalité et l'incompétence de nos hommes politiques, de nos nobles et de nos monarques. Le chroniqueur anonyme le fait dire à ce même peuple dans le vieux *Romancero du Cid*, et qui ne se souviendrait de ces mots à considérer la triste histoire de nos gens qui toujours donnèrent le meilleur d'eux-mêmes, leur candeur, leur argent, leur travail et leur sang, et furent si mal payés de retour : *« Quel bon vassal ferait-il si bon seigneur il avait. »*

Bref, tout Madrid vint ce matin-là fêter le prince

de Galles, et j'y fus moi-même en compagnie de Caridad la Lebrijana qui n'aurait pour rien au monde voulu manquer le spectacle. Je ne sais plus si je vous ai déjà raconté que Caridad avait à l'époque trente ou trente-cinq ans. C'était une Andalouse belle et vulgaire, brune, encore appétissante et fougueuse, avec de grands yeux noirs et vifs, une poitrine opulente. Elle avait joué la comédie pendant cinq ou six ans, puis avait putassé à peu près autant de temps dans une maison de la rue Huertas. Lassée de cette vie, ses premières rides venues, elle avait acheté avec ses économies la Taverne du Turc dont elle vivait à présent plus ou moins décemment. J'ajouterai encore, sans trahir aucun secret, que Caridad la Lebrijana était amoureuse jusqu'au fond de l'âme de mon maître Diego Alatriste et qu'à ce titre elle lui faisait crédit du manger et du boire. Que le logement du capitaine communiquât par la cour avec la porte de derrière de la taverne et la demeure de Caridad n'était pas étranger au fait qu'ils partageaient la même couche avec une certaine fréquence. A dire vrai, le capitaine se montra toujours discret en ma présence, mais quand on vit avec quelqu'un, on finit par remarquer certaines choses. Et moi, quoique bien jeune et à peine sorti de mon Oñate natal, je n'avais rien d'un niais.

Je disais donc que j'accompagnai Caridad ce jour-là jusqu'à l'hôtel de l'ambassadeur d'Angleterre, où nous nous perdîmes dans la foule qui acclamait le prince de Galles, entre oisifs et gens de toutes conditions attirés par la curiosité. La rue était devenue encore plus bruyante et animée que le parvis de San Felipe. Les marchands vendaient leurs rafraîchissements, leurs pâtés et leurs conserves, on improvisait des tavernes où l'on se restaurait debout pour quelques pièces de monnaie, les mendiants parcouraient la foule, des groupes de suivantes, d'écuyers et de pages se faisaient et se défaisaient, toutes sortes d'épices et d'inventions fabuleuses circulaient de main en main, on se racontait les dernières nouvelles et rumeurs venues du palais. Chacun louait la persévérance et l'audace chevaleresque du jeune prince dont toutes les langues, particulièrement celles des femmes, vantaient l'élégance et l'attrait, le raffinement des habits, comme ceux de Buckingham. Et c'est ainsi, dans le tohu-bohu le plus complet, à l'espagnole, que passa la matinée.

– Il est bien fait ! dit Caridad la Lebrijana quand nous vîmes le présumé prince apparaître à la fenêtre. La taille fine et de la grâce… Notre infante et lui feraient un bien beau couple !

Elle essuya ses larmes avec les pointes de son fichu. Comme la majeure partie du public féminin, elle était du côté de l'amoureux. L'audace de son geste avait gagné le cœur des femmes et toutes considéraient la chose faite.

– Dommage que le mignon soit hérétique. Mais tout s'arrangera avec un bon confesseur et un baptême – dans son ignorance, la brave femme croyait que les anglicans étaient comme les Turcs et que personne ne les baptisait… Cette princesse-là vaut bien une messe !

Elle riait, secouant son opulente poitrine qui me fascinait et qui, d'une certaine manière – à l'époque, je n'aurais pu me l'expliquer –, me rappelait celle de ma mère. Je me souviens parfaitement de la sensation que provoquait en moi le décolleté de Caridad la Lebrijana quand elle se penchait pour servir à table et que sa blouse se tendait sous le poids de ces deux globes, grands, bruns et remplis de mystère. Je me demandais souvent ce que le capitaine en faisait lorsqu'il m'envoyait faire des courses ou jouer dans la rue pour rester seul avec elle. Et moi, tandis que je descendais l'escalier, j'entendais Caridad rire là-haut, d'un rire fort et joyeux.

Nous étions donc là, applaudissant avec enthousiasme toutes les silhouettes qui apparaissaient aux fenêtres quand le capitaine Alatriste nous rejoignit. Ce n'était pas, tant s'en faut, la première fois qu'il passait la nuit dehors et j'avais dormi comme un loir, sans aucune inquiétude. Mais quand je le vis devant la Maison aux sept cheminées, je devinai qu'il était arrivé quelque chose. Il avait son chapeau bien enfoncé sur la tête, sa cape jetée autour du cou, les joues mal rasées malgré l'heure, lui le vieux soldat discipliné, toujours si digne dans son apparence. Ses yeux clairs semblaient aussi fatigués et méfiants. Il marchait dans la foule avec l'allure de quelqu'un qui s'attend à recevoir un mauvais coup d'un instant à l'autre. Nous échangeâmes quelques mots et il parut se détendre un peu quand je lui donnai l'assurance que personne n'était venu pour lui, ni dans la nuit ni dans la matinée. Caridad le lui confirma pour ce qui concernait la taverne : ni inconnus ni questions indiscrètes. Alors que je m'étais un peu éloigné, j'entendis Caridad lui demander à voix basse dans quel guêpier il s'était encore fourré. Je me retournai pour les regarder à la dérobée, mais Diego Alatriste se contenta de garder le silence, les yeux fixés sur les fenêtres de l'ambassadeur d'Angleterre.

Il y avait aussi parmi les badauds des gens de qualité en chaise à porteurs ou en voiture, et deux ou trois carrosses dont les rideaux s'écartaient sous la main des dames et de leurs duègnes. Les vendeurs ambulants s'approchaient pour leur offrir rafraîchissements et friandises. En regardant autour de moi, il me sembla reconnaître une voiture : tirée par deux bonnes mules, elle était de couleur sombre, sans armoiries sur la portière. Le cocher bavardait avec un groupe de curieux, de sorte que je pus m'approcher jusqu'au marchepied sans être importuné. Et là, à la portière, un regard bleu et des boucles blondes suffirent pour me donner la certitude que mon cœur, qui battait si follement dans ma poitrine, ne m'avait pas trompé.

– Je suis votre serviteur, dis-je en me donnant beaucoup de mal pour assurer ma voix.

Angélica d'Alquézar était si jeune à l'époque que j'ignore comment elle put sourire ainsi, ce matin-là, devant la Maison aux sept cheminées. Ce qui est sûr, c'est qu'elle esquissa un sourire lent, très lent, un sourire de dédain en même temps que de sagesse infinie. Un de ces sourires qu'aucune petite fille n'a encore eu le temps d'apprendre, mais qui vient seul et où se reflètent toute la lucidité et la sagacité dont seules les femmes sont capables, fruit de siècles et de siècles passés à voir silencieusement les hommes commettre toutes leurs stupidités. J'étais alors trop jeune pour savoir à quel point les hommes peuvent être sots et ce qui se peut apprendre dans les yeux et le sourire des femmes. Bien des malheurs de ma vie adulte m'auraient été épargnés si j'avais consacré plus de temps à observer le regard des femmes. On devrait tirer leçon de ses erreurs mais, quand on les comprend enfin, il est souvent trop tard.

Toujours est-il que la petite fille blonde, aux yeux aussi clairs que le ciel de Madrid par une glaciale journée d'hiver, sourit en me reconnaissant. Elle se pencha à peine vers moi dans un froissement de soie et posa une main blanche et délicate sur l'encadrement de la portière. J'étais à côté du marchepied de la voiture de ma jeune dame et l'euphorie de cette matinée, ajoutée à la tournure romanesque des événements auxquels nous assistions, enflammèrent mon audace. Je tirais aussi un peu d'aplomb du fait que ce jour-là je n'étais point trop mal vêtu, d'un pourpoint marron foncé et de vieilles culottes du capitaine Alatriste que le fil et l'aiguille de Caridad la Lebrijana avaient mis à ma taille, les faisant paraître comme neuves.

– Cette fois-ci, il n'y a pas de boue dans la rue, dit-elle, et sa voix me fit tressaillir au plus profond de moi-même.

Ce ton tranquille et séducteur n'avait rien d'enfantin. Il était même presque un peu grave pour son âge. Certaines dames en usaient parfois pour s'adresser à leurs galants lors des spectacles qu'on donnait sur les places et à la comédie. Pourtant, Angélica d'Alquézar – dont j'ignorais encore le nom – n'était pas une actrice mais une petite fille. Personne ne lui avait appris à feindre cette sorte de sombre écho, cette manière de prononcer les mots d'une façon qui vous faisait vous sentir un homme et, plus encore, le seul qui existât.

– Il n'y a pas de boue, répétai-je, sans trop savoir ce que je disais. Et je le regrette, car j'en suis empêché de peut-être vous servir de nouveau.

Sur ce, je pressai ma main sur mon cœur. Vous reconnaîtrez que je m'en tirai plutôt bien et que ma réponse galante, accompagnée de mon geste, furent à la hauteur autant de la dame que des circonstances. Ce qui dut être le cas, car au lieu de se désintéresser de moi, elle m'adressa un autre sourire. Et je me crus alors le jeune garçon le plus heureux, le plus élégant et le plus noble du monde.

– C'est le page dont je vous ai parlé, dit-elle alors en s'adressant à quelqu'un qui était assis à côté d'elle mais que je ne pouvais voir. Il s'appelle Iñigo et il habite rue de l'Arquebuse – elle s'était tournée vers moi qui la regardais bouche bée, fasciné qu'elle pût se souvenir de mon nom. Page d'un capitaine, n'est-ce pas ?... Un certain capitaine Batiste ou Eltriste.

Il y eut un mouvement dans la pénombre de la voiture. Derrière la fillette apparurent d'abord une main aux ongles en deuil, puis un bras vêtu de noir qui s'appuya sur l'encadrement de la portière. Suivirent une cape, noire elle aussi, et un pourpoint portant l'insigne rouge de l'ordre de Calatrava et enfin, au-dessus d'une petite collerette mal empesée, le visage d'un homme de quarante ou cinquante ans, la tête ronde, le cheveu rare et vilain, terne et gris comme sa moustache et sa barbiche. Malgré ses vêtements solennels, tout en lui produisait une sensation indéfinissable de vile vulgarité : les traits ordinaires et antipathiques, le cou épais, le nez un peu rouge, la malpropreté des mains, la manière dont il penchait la tête de côté et surtout ce regard arrogant et fourbe de nouveau riche, influent et puissant. Je fus incommodé de savoir que cet individu partageait une voiture, et peut-être des liens de sang, avec ma bien-aimée si jeune et si blonde. Mais le plus inquiétant fut l'étrange lueur qui brilla dans ses yeux, l'expression de haine et de colère que j'y vis apparaître quand la petite fille prononça le nom du capitaine Alatriste.

VII

LA PROMENADE DU PRADO

Le lendemain était un dimanche. Commencé comme une fête, il faillit bien se terminer par une tragédie pour Diego Alatriste et pour moi. Mais chaque chose en son temps. Commençons par la fête. En attendant la présentation officielle devant la cour et l'infante, le roi Philippe IV avait ordonné une promenade en l'honneur de ses illustres hôtes. A l'époque, la promenade était une sorte de fête à laquelle tout Madrid accourait, à pied, à cheval ou en voiture. On passait par la Calle Mayor, entre Santa María de la Almudena, le parvis de San Felipe et la Puerta del Sol, ou bien l'on descendait plus loin encore, jusqu'aux jardins du duc de Lerma, au monastère de Saint-Jérôme et au Prado du même nom. Voie de passage obligée entre le centre de la ville et l'Alcázar, la Calle Mayor était la rue des orfèvres, des joailliers et des boutiques élégantes, raison pour laquelle en fin d'après-midi elle se remplissait de dames dans leurs carrosses et de cavaliers qui paradaient devant elles. Quant au Prado des moines de Saint-Jérôme, agréable pendant les journées de soleil hivernal et les après-midi d'été, c'était un lieu rempli d'arbres verdoyants. On y comptait vingt-trois fontaines, d'innombrables haies et une grande allée bordée de peupliers sur laquelle circulaient voitures et piétons en conversation animée. C'était aussi le lieu des rendez-vous mondains et galants, propices aux rencontres furtives des amoureux. Tout le gratin de la cour prenait plaisir à contempler son paysage. Mais personne n'a mieux chanté le pittoresque de cette promenade que Don Pedro Calderón de la Barca, quelques années plus tard, dans une de ses comédies :

Le matin je me trouverai
à l'église pour vos prières ;
et l'après-midi, je l'espère,
sur le parvis je vous verrai ;
au crépuscule m'en irai,
en faisant cortège, au Prado ;
puis dans ma cape, incognito :

prévenances de mon amour,
voyez Calle Mayor ce tour
de messe, coche, cour et Prado.

Le lieu tout trouvé donc pour que notre monarque, Philippe IV, galant comme tous les jeunes gens, décidât d'y organiser la première rencontre officieuse entre sa sœur l'infante et le fougueux prétendant anglais. Naturellement, tout devait se dérouler selon l'immuable cérémonial de la cour espagnole dont personne n'aurait songé à s'écarter. Ne nous étonnons donc point si la visite inattendue de l'illustre prétendant fut accueillie par le monarque comme une occasion inespérée de rompre avec la rigide étiquette du palais et d'improviser des fêtes. On organisa une promenade en carrosses à laquelle participa tout ce qui comptait à Madrid, et le bon peuple fut témoin de cette glorieuse cavalcade qui faisait tant honneur à l'orgueil national et qui parut certainement fort singulière aux deux Anglais. Le fait est que lorsque le futur Charles Ier voulut simplement saluer celle qu'il entendait prendre pour épouse, le comte d'Olivares et les autres conseillers, usant de toute leur diplomatie, se regardèrent gravement avant de répondre à Son Altesse qu'elle allait un peu vite en besogne. Il était impossible que quelqu'un, fût-il le prince de Galles, qui n'avait pas encore été officiellement présenté, pût parler ou même s'approcher de l'infante Doña María ou de toute autre dame de la famille royale. Leurs voitures se croiseraient en toute modestie, et rien de plus.

J'étais dans la rue avec les curieux et je dois reconnaître que le spectacle fut un comble de galanterie et de raffinement auquel participa toute la bonne société de Madrid, vêtue de ses plus beaux atours. Mais en même temps, à cause de l'incognito encore officiel de nos visiteurs, tout le monde se comporta avec le plus grand naturel, comme si de rien n'était. Le prince de Galles, Buckingham, l'ambassadeur d'Angleterre et le comte de Gondomar, notre envoyé à Londres, se trouvaient à la porte de Guadalajara dans une voiture fermée – un carrosse *invisible*, car on avait expressément interdit de l'acclamer ou de signaler sa présence – et c'est de là que Charles vit passer pour la première fois les voitures dans lesquelles la famille royale avait pris place. Dans l'une d'elles, à côté de notre si belle reine, Doña Isabelle de Bourbon, à peine âgée de vingt ans, le prince de Galles vit enfin l'infante Doña María qui, dans tout l'éclat de sa jeunesse, était aussi blonde et belle que discrète dans sa robe de brocart. Elle portait au bras un ruban bleu afin que son prétendant pût la reconnaître. Allant et venant par la Calle Mayor et le Prado, le carrosse passa trois fois de suite devant celui des Anglais et, même si le prince n'eut le temps que d'entrevoir des yeux bleus et une chevelure d'or ornée de plumes et de pierreries, on dit qu'il s'éprit follement de notre infante. Ce qui doit être vrai, car il allait rester cinq mois à Madrid dans le seul but qu'on la lui donne enfin pour épouse, tandis que le roi le traitait comme un frère et que le comte d'Olivares le faisait lanterner et le berçait de promesses avec la plus grande diplomatie du monde. La manœuvre eut au moins un avantage : tant qu'il y eut espérance d'épousailles, les Anglais cessèrent de nous narguer et leurs pirates, leurs corsaires, tous plus enfants de putain les uns que les autres, cessèrent de s'en prendre à nos galions. Toujours ça de gagné.

Faisant fi des conseils du comte de Guadalmedina, le capitaine Alatriste ne prit pas la fuite ni ne chercha à se cacher. Nous avons vu au chapitre précédent que, le matin même où Madrid apprenait l'arrivée du prince de Galles, le capitaine vint se promener devant la Maison aux sept cheminées. J'eus encore l'occasion de le voir parmi la foule qui encombrait la Calle Mayor pendant la fameuse promenade de ce dimanche, en train de regarder d'un air pensif le carrosse des Anglais. Cette fois, le bord de son chapeau lui dissimulait le visage et le col de sa cape était bien remonté. Après tout, même courtois et courageux, rien ne l'obligeait à crier sa présence sur tous les toits.

Le capitaine ne m'avait rien dit de l'aventure, mais je savais que quelque chose se passait. La nuit suivante, il m'avait envoyé dormir chez Caridad la Lebrijana, sous prétexte qu'il devait recevoir des gens pour une affaire. Mais je sus plus tard qu'il la passa éveillé, avec ses deux pistolets armés, son épée et sa dague. Rien n'arriva cependant et, aux premières lueurs de l'aube, il put s'endormir tranquillement. C'est ainsi que je le trouvai le lendemain matin. Sa lampe fumait encore, vidée de son huile. Il s'était jeté tout habillé sur son lit dans ses vêtements froissés, ses armes à portée de la main. De sa bouche entrouverte sortait un souffle rauque et il avait le front plissé.

Le capitaine Alatriste était fataliste. Peut-être sa condition de vieux soldat – il s'était battu en Flandre et en Méditerranée après s'être échappé de l'école pour s'engager comme page et tambour à l'âge de treize ans – avait-elle laissé en lui cette manière si particulière d'affronter le risque, les mauvais moments, les incertitudes et les désagréments d'une vie amère, difficile, avec le stoïcisme de celui qui s'est habitué à ne pas attendre autre chose. Son caractère correspondait bien à la définition que le maréchal de Gramont allait donner un peu plus tard des Espagnols : « Le courage leur est assez naturel, comme la patience dans les travaux et la confiance dans l'adversité… Les soldats s'étonnent rarement de leurs revers et se consolent dans l'espérance du prompt retour de leur bonne fortune… » Ou à celle de Mme d'Aulnoy qui disait : « On les voit exposés aux injures du temps, dans la misère, et malgré tout, plus braves, superbes et orgueilleux que dans l'opulence et la prospérité »… Pardieu, tout cela est fort vrai. Et moi qui connus ces temps difficiles, et ceux pires encore qui allaient suivre, je peux en attester. Diego Alatriste gardait sa fierté et sa superbe par-devers lui, ne les manifestant que par des silences entêtés. J'ai déjà dit qu'à la différence de tant de bravaches qui se tortillaient la moustache et parlaient fort dans la rue et sur les places publiques, jamais je ne l'entendis fanfaronner sur sa longue carrière militaire. Mais il arrivait parfois que d'anciens compagnons d'armes, autour d'un pichet de vin, racontassent des histoires où il jouait un rôle. Je les écoutais avec avidité. Car, à mon jeune âge, Diego Alatriste était l'image du père que j'avais perdu dans les guerres du roi : un de ces hommes petits, durs et vaillants dont l'Espagne fut toujours prodigue pour le meilleur et pour le pire, ceux dont parlait Calderón – mon maître Alatriste, où qu'il soit, me pardonnera bien de tant citer Don Pedro Calderón, au lieu de son bien-aimé Lope de Vega :

…Ils souffrent debout, calmement,
l'air grave, bien ou mal payés.
Par rien au monde épouvantés
et quoique fiers, ils sont patients.

Ils souffrent tout en tout assaut
mais ne souffrent le verbe haut.

Je me souviens d'un épisode qui m'impressionna tout particulièrement, surtout parce qu'il définissait bien le tempérament du capitaine Alatriste. Juan Vicuña, sergent dans un régiment de cuirassiers lors du désastre de nos Tercios dans les dunes de Nieuport – malheureuses les mères qui y eurent un fils –, nous raconta plusieurs fois la défaite des Espagnols en déplaçant des bouts de pain et des pichets de vin sur la table de la Taverne du Turc. Lui, mon père et Diego Alatriste avaient eu la bonne fortune de voir le soleil se coucher à l'issue de cette funeste journée, ce que l'on ne peut dire de leurs cinq mille compatriotes, et parmi eux cent cinquante chefs et capitaines, morts sous les coups des Hollandais, des Anglais et des Français qui, même s'ils guerroyaient fréquemment entre eux, n'hésitaient pas à se liguer contre nous lorsqu'il s'agissait de nous écraser. A Nieuport, tout alla à merveille pour nos ennemis : le mestre de camp Don Gaspar Zapena trouva la mort, l'amiral d'Aragon fut fait prisonnier, de même que d'autres hauts personnages. Nos troupes se débandaient. Juan Vicuña, ayant perdu presque tous ses officiers, blessé au bras que la gangrène allait lui emporter quelques semaines plus tard, s'était retiré avec sa compagnie décimée et le reste des troupes étrangères alliées. Et Vicuña racontait qu'il regardait une dernière fois en arrière, avant de fuir ventre à terre, quand il avait vu comment les soldats du vieux Tercio de Carthagène – dans les rangs duquel se battaient mon père et Alatriste – tentaient d'abandonner le champ de bataille jonché de cadavres au milieu d'une nuée d'ennemis qui les criblaient de balles et de mitraille. Aussi loin que portait la vue, ce n'était que morts, agonisants et hommes en fuite, disait Vicuña. Pourtant, en plein désastre, sous le soleil qui embrasait les dunes de sable, dans le vent violent qui les enveloppait de fumée et de poudre, les compagnies du vieux Tercio, leurs piques hérissées, formées en carré autour de leurs drapeaux déchiquetés par la mitraille, crachant de leurs mousquets sur les quatre côtés, se retiraient très lentement en conservant leur formation, impassibles, serrant les rangs pour refermer chaque brèche ouverte par l'artillerie de l'ennemi qui n'osait s'approcher. Sur les hauteurs, les soldats prenaient avec calme les ordres de leurs officiers, puis poursuivaient leur marche sans cesser de combattre, terribles jusque dans la défaite, comme à la parade, au lent battement de leurs tambours.

– Le Tercio de Carthagène arriva à Nieuport à la tombée de la nuit, concluait Vicuña, déplaçant de son unique main les derniers morceaux de pain et les pichets qui restaient sur la table. Toujours au pas, sans se presser : sept cents sur les mille cinq cents hommes qui avaient commencé la bataille... Lope Balboa et Diego Alatriste étaient du nombre, noirs de poussière, épuisés, mourant de soif. Ils avaient eu la vie sauve en refusant de rompre les rangs, en gardant leur sang-froid dans le désastre général. Mais savez-vous, messieurs, quelles furent les paroles de Diego Alatriste quand je courus le serrer dans mes bras pour le féliciter d'être encore de ce monde ?... Il me fixa de son regard étrange, de ses yeux glacés comme les maudits canaux de Hollande, et me dit : *« Nous étions trop fatigués pour courir. »*

On ne vint pas le chercher en pleine nuit, comme il s'y attendait, mais dans l'après-midi et d'une façon plus ou moins officielle. On frappa à la porte et, quand j'ouvris, je me trouvai nez à nez avec la sombre silhouette du lieutenant d'alguazils Martín Saldaña. Des argousins venus avec lui se tenaient dans l'escalier et dans la cour. J'en dénombrai une demi-douzaine dont plusieurs avaient l'épée au clair.

Saldaña entra, armé jusqu'aux dents, et referma la porte derrière lui en gardant son chapeau sur sa tête, l'épée au baudrier. En bras de chemise, Alatriste s'était levé et attendait au milieu de la pièce, retirant la main de la dague sur laquelle il l'avait immédiatment posée en entendant qu'on frappait à la porte.

– Pardieu, Diego, tu me facilites trop les choses, dit Saldaña d'un air grognon, faisant mine de ne pas voir les deux pistolets posés sur la table. Tu aurais au moins pu quitter Madrid. Ou changer de logement.

– Ce n'est pas toi que j'attendais.

– Je peux le croire – Saldaña jeta enfin un bref regard aux pistolets, fit quelques pas dans la pièce, ôta son chapeau et le posa sur les deux armes. Mais tu attendais quelqu'un.

– Et qu'ai-je fait cette fois-ci ?

Inquiet, je les regardais de l'autre pièce. Saldaña se tourna vers moi. Lui aussi avait été ami de mon père, en Flandre.

– Que le diable m'emporte si je le sais, répondit-il au capitaine. Mes ordres sont de t'emmener avec moi, mort si tu résistes.

– De quoi m'accuse-t-on ?

Le lieutenant d'alguazils haussa les épaules, évasif.

– On ne t'accuse de rien. Quelqu'un veut te parler.

– Et qui a donné cet ordre ?

– Cela ne te regarde pas. On me l'a donné et c'est tout – il regardait le capitaine avec lassitude, comme s'il lui reprochait de se trouver dans cette situation… On peut savoir ce qui se passe, Diego ? Tu n'imagines pas ce qui pèse sur toi.

Alatriste tordit sa moustache dans un sourire où il n'y avait nulle trace de bonne humeur.

– Je me suis contenté d'accepter le travail que tu m'avais recommandé.

– Alors, maudite soit cette heure, et que je sois maudit, moi aussi ! – Saldaña poussa un profond soupir. Pardieu, ceux qui t'ont engagé ne semblent pas satisfaits de son exécution.

– Ce travail était trop sale, Martín.

– Sale ?... Et qui s'en soucie ? Je ne crois pas avoir fait un travail propre depuis trente ans. Et je crois bien que toi non plus.

– C'était un sale travail, même pour nous autres.

– Arrête – Saldaña leva les mains, comme pour l'empêcher d'en dire plus. Je ne veux rien savoir, rien. Par les temps qui courent, en savoir trop est pire que de ne pas en savoir assez... – il regarda de nouveau Alatriste, mal à l'aise mais décidé. Viens-tu de ton plein gré ?

– Quelles sont mes chances ?

Saldaña ne réfléchit que quelques instants.

– Eh bien, je peux traîner un peu ici pendant que tu tentes le sort avec les gens que j'ai postés dehors... Ce ne sont pas de très bonnes lames, mais ils sont six. Et je doute que tu arrives jusqu'à la rue sans recevoir au moins un ou deux coups d'épée et une balle de pistolet.

– Et en cours de route ?

– La voiture est fermée. Tu n'auras aucune chance. Tu aurais dû filer avant notre arrivée. Tu avais amplement le temps de le faire – il le regarda d'un air lourd de reproches. Que j'aille en enfer si je pensais te trouver ici !

– Et où m'emmènes-tu ?

– Je ne peux pas te le dire. En fait, je t'en ai déjà dit beaucoup trop… – j'étais toujours à la porte de l'autre chambre, muet comme une carpe, et le lieutenant d'alguazils se tourna vers moi pour la seconde fois – … Tu veux que je m'occupe du petit ?

– Non, laisse-le – Alatriste ne me regarda même pas, absorbé dans ses réflexions. Caridad la Lebrijana s'en chargera.

– Comme tu veux. Viens-tu ?

– Dis-moi où nous allons, Martín.

L'autre secoua la tête.

– Je t'ai déjà dit que je ne peux pas.

– A la prison de Madrid ?

Le silence de Saldaña fut éloquent. C'est alors que je vis se dessiner sur le visage du capitaine Alatriste cette grimace qui souvent lui tenait lieu de sourire.

– Dois-tu me tuer? demanda-t-il d'une voix égale.

Saldaña secoua encore une fois la tête.

– Non. Je te donne ma parole que mes ordres sont de t'emmener vivant si tu ne résistes pas… Te laissera-t-on sortir ensuite de l'endroit où je t'emmène, je n'en sais rien… Ce ne sera plus mon affaire.

– S'ils ne craignaient pas que la chose s'ébruite, ils m'auraient assassiné ici-même – Alatriste fit glisser son index droit sur sa gorge, comme un poignard. Ils t'envoient parce qu'ils veulent que le secret soit bien gardé… Détenu, interrogé, et on dira ensuite que j'ai été remis en liberté. Entre-temps, va donc savoir ce qui m'arrivera.

Saldaña l'approuva sans détour.

– C'est ce que je crois moi aussi, fit-il d'une voix calme. Je m'étonne qu'il n'y ait pas d'accusations. Vraies ou fausses, ce sont les choses les plus faciles à préparer en ce monde. Peut-être a-t-on peur que tu parles en public… En réalité, mes ordres m'interdisent d'échanger un seul mot avec toi. Et on ne veut pas non plus que j'inscrive ton nom sur le registre des détenus… Palsambleu !

– Laisse-moi emporter une arme, Martín.

Le lieutenant d'alguazils regarda Alatriste, bouche bée.

– Tu n'y penses pas, fit-il après un long silence.

Avec un geste d'une lenteur calculée, le capitaine avait sorti son couteau de boucher et le lui montrait.

– Seulement celle-ci.

– Tu es fou. Tu me prends pour un imbécile ?

Alatriste fit signe que non.

– Ils veulent m'assassiner, dit-il simplement.

Ce n'est pas grave dans mon métier. C'est une chose qui arrive tôt ou tard. Mais je ne veux pas leur rendre la tâche trop facile – l'étrange sourire avait reparu sur ses lèvres. Je te jure que je ne l'utiliserai pas contre toi.

Saldaña gratta sa barbe de vieux soldat. Elle masquait une estafilade qui allait de sa bouche à son oreille droite, blessure qu'il avait reçue pendant le siège d'Ostende, lors de l'assaut des réduits du Cheval et de la Courtine. Diego Alatriste avait été parmi ses compagnons d'armes en cette occasion comme dans quelques autres.

– Ni contre mes hommes, dit finalement Saldaña.

– Tu as ma parole.

Le lieutenant d'alguazils hésita encore. Puis il se retourna et lâcha un juron entre ses dents pendant que le capitaine glissait le couteau dans une de ses bottes.

– Maudit soit le sort, Diego, finit par dire Saldaña. Et maintenant, allons-y.

Ils s'en furent sans un mot de plus. Le capitaine ne voulut pas prendre sa cape, pour être plus libre de ses mouvements. Martín Saldaña y consentit. Il l'autorisa aussi à enfiler son gilet de buffle par-dessus son pourpoint. « Pour te protéger du froid », lui dit le vieux lieutenant avec un petit sourire. Quant à moi, je ne restai pas chez nous mais ne me rendis pas non plus chez Caridad la Lebrijana. A peine eurent-ils descendu l'escalier que, sans y réfléchir à deux fois, je pris les pistolets sur la table et l'épée accrochée au mur et, roulant le tout dans la cape que je mis sous mon bras, je partis derrière eux au pas de course.

Le jour s'éteignait dans le ciel de Madrid, éclairant à peine les toits et les clochers du côté de la rive du Manzanares et de l'Alcázar. Et c'est ainsi qu'entre chien et loup, tandis que l'ombre s'emparait peu à peu des rues, je suivis de loin la voiture fermée tirée par quatre mules dans laquelle Martín Saldaña et ses soldats emmenaient le capitaine. Ils passèrent devant le collège des jésuites, en descendant la rue de Tolède, puis traversèrent la place de la Cebada, sans doute pour éviter des artères plus fréquentées, puis se dirigèrent vers la petite colline de la fontaine du Rastro avant de prendre de nouveau à droite, presque à la sortie de la ville, tout près de la route de Tolède, de l'abattoir et d'un lieu qui était un ancien cimetière maure et que l'on nommait, bien à tort, la Porte des Ames. Par sa macabre histoire et à une heure aussi funeste, il n'avait rien de rassurant.

Ils s'arrêtèrent à la nuit tombée devant une maison d'apparence délabrée, avec deux petites fenêtres et une grande porte qui ressemblait plutôt au porche d'une écurie. Sans doute une ancienne auberge pour marchands de bestiaux. Haletant, je les observai, caché derrière un chasse-roue, mon ballot sous le bras. Je vis descendre Alatriste, résigné et calme, entouré de Martín Saldaña et des hommes du guet. Ils ressortirent ensuite sans le capitaine, montèrent dans la voiture et s'en allèrent. Ce qui m'inquiéta fort, car j'ignorais qui se trouvait à l'intérieur de la maison. Il était hors de question de m'approcher, car je risquais de me faire prendre. Si bien que, le cœur rempli d'angoisse, mais patient comme doit l'être un homme d'armes – je l'avais entendu dire une fois de la bouche même de Diego Alatriste –, je m'adossai au mur jusqu'à me fondre dans la noirceur et me préparai à attendre. J'avoue que j'avais peur et froid. Mais j'étais le fils de Lope Balboa, soldat du roi, mort en Flandre. Et je ne pouvais abandonner l'ami de mon père.

VIII

LA PORTE DES ÂMES

On aurait dit un tribunal, et Diego Alatriste ne douta pas qu'il s'agissait bien de cela. L'un des hommes masqués était absent, celui qui avait exigé qu'on ne fasse couler qu'un peu de sang. Mais l'autre, celui à la tête ronde et aux cheveux clairsemés, était bien là avec le même masque, assis derrière une longue table sur laquelle étaient posés un candélabre et une écritoire avec des plumes, du papier et un encrier. Son aspect et son attitude hostiles auraient paru des plus inquiétants, n'eût été la présence à côté de lui d'un personnage encore plus menaçant, le visage découvert, les mains sortant comme des serpents osseux des manches de son habit : le père Emilio Bocanegra.

Il n'y avait pas d'autres chaises, si bien que le capitaine Alatriste resta debout tandis qu'on l'interrogeait. Car il s'agissait bien d'un interrogatoire en règle, tâche dans laquelle le père dominicain se trouvait parfaitement à son aise. A l'évidence, il était furieux, bien plus que ne l'aurait jamais autorisé la charité chrétienne. La lumière tremblante du candélabre accentuait les ombres de ses joues creuses, mal rasées, et ses yeux brillaient de haine quand ils se posaient sur Alatriste. Tout en lui, depuis la façon dont il posait ses questions jusqu'au moindre de ses mouvements, respirait la menace. Le capitaine regarda autour de lui, curieux de voir où se trouvait le chevalet de torture qui ne pouvait manquer de l'attendre. Il avait été surpris que Saldaña s'en aille avec ses sbires et qu'il n'y eût apparemment pas de gardes dans la maison. Ils semblaient être seuls, l'homme masqué, le dominicain et lui. Quelque chose détonnait, comme une fausse note.

Les questions de l'inquisiteur et de son compagnon, qui se penchait de temps en temps au-dessus de la table pour tremper sa plume dans l'encrier, durèrent une demi-heure. A la longue, le capitaine parvint à se faire une idée plus claire du lieu et des circonstances qui l'y avaient amené, pourquoi il s'y trouvait toujours vivant et capable de remuer la langue pour articuler des sons, au lieu d'être sur un tas d'immondices, la gorge tranchée, comme un chien. Ce que voulaient savoir ses interrogateurs, c'était ce qu'il avait dit et à qui. On l'interrogea longuement sur le rôle qu'avait joué Guadalmedina la nuit du guet-apens, sur la façon dont le comte s'était trouvé mêlé à l'affaire et ce qu'il en savait. Les inquisiteurs étaient tout particulièrement préoccupés de découvrir si quelqu'un d'autre était au courant des détails de cette histoire, si mal menée par Diego Alatriste. De son côté, le capitaine ne baissa pas la garde, ne reconnut rien ni personne et affirma que l'intervention de Guadalmedina n'avait été que le fruit du plus pur des hasards, même si ses interlocuteurs paraissaient convaincus du contraire. Sans doute, se dit le capitaine, avaient-ils quelqu'un à l'Alcázar qui les avait informés des allées et venues du comte à l'aube et dans la matinée qui avait suivi l'escarmouche. Quoi qu'il en soit, il soutint sans broncher que personne, pas même Alvaro de la Marca, n'était au courant de sa rencontre avec les deux hommes masqués et le dominicain. Ses réponses consistèrent pour l'essentiel en monosyllabes et hochements de tête. Il avait très chaud dans son gilet de buffle, ou peut-être n'était-ce que l'effet de l'appréhension quand il regardait autour de lui, soupçonneux, se demandant d'où allaient sortir les bourreaux sans doute cachés quelque part, prêts à foncer sur lui et à le conduire les mains liées dans l'antichambre de l'enfer. Il y eut ensuite une pause durant laquelle l'homme masqué écrivit lentement et avec application. Le dominicain garda fixé sur Alatriste ce regard hypnotique et fébrile qui aurait fait dresser sur la tête les cheveux du plus aguerri. Pendant ce temps, le capitaine se demandait si personne n'allait l'interroger sur la raison pour laquelle il avait fait dévier l'épée de l'Italien. Apparemment, ses états d'âme ne les intéressaient nullement. Comme s'il avait pu lire dans ses pensées, le père Emilio Bocanegra fit alors glisser une main sur la table, puis la laissa immobile, posée sur le bois noirci, son index livide pointé vers le capitaine.

– Qu'est-ce qui peut pousser un homme à déserter le parti de Dieu pour passer dans les rangs impies des hérétiques ?

Il fallait avoir du culot, pensa Diego Alatriste, pour appeler parti de Dieu la bande qu'il formait avec le secrétaire masqué et le sinistre spadassin italien. En d'autres circonstances, il aurait éclaté de rire, mais le moment eût été mal choisi. Il se contenta donc de soutenir sans ciller le regard du dominicain et celui de l'autre qui avait cessé d'écrire et l'observait avec fort peu de sympathie derrière son masque.

– Je n'en sais rien, dit le capitaine. Peut-être parce que l'un des deux hommes, sur le point de mourir, m'a demandé grâce non pas pour lui, mais pour son compagnon.

L'inquisiteur et l'homme masqué échangèrent un bref regard incrédule.

– Dieu du Ciel, murmura le dominicain.

Il le toisait, les yeux brûlant de fanatisme et de mépris. Je suis mort, pensa le capitaine en regardant ces pupilles noires, impitoyables. Quoi qu'il fasse, quoi qu'il dise, ce regard implacable le condamnait aussi sûrement que le flegme apparent avec lequel l'homme masqué s'était remis à écrire. La vie de Diego Alatriste y Tenorio, ancien soldat des Tercios de Flandre, sicaire dans le Madrid du roi Philippe IV, valait ce que ces deux hommes voulaient encore savoir, ni plus ni moins. C'est-à-dire bien peu, comme il pouvait s'en assurer au tour que prenait la conversation.

– Votre compagnon de cette nuit-là – l'homme masqué parlait sans cesser d'écrire, et le ton égal de sa voix n'annonçait rien de bon – n'a pas eu tant de scrupules.

– J'en conviens, répondit le capitaine. Je dirais même qu'il semblait prendre plaisir à son travail.

L'homme masqué laissa un moment sa plume suspendue en l'air pour lui lancer un bref regard ironique.

– Quel méchant homme. Et vous ?

– Je n'ai pas de plaisir à tuer. Pour moi, ôter la vie n'est pas une passion, mais un métier.

– Je vois – l'autre plongea sa plume dans l'encrier, reprenant sa tâche. Et maintenant vous allez nous dire que vous êtes pétri de charité chrétienne…

– Vous faites erreur, monsieur, répondit tranquillement le capitaine. On me connaît mieux pour mes coups d'épée que pour mes bons sentiments.

– C'est ce qu'on nous avait dit de vous, malheureusement.

– Et c'est la vérité. Mais bien que le sort m'ait rabaissé à cette condition, j'ai été soldat toute ma vie et il est certaines choses que je ne puis éviter.

Le dominicain, qui était resté silencieux comme un sphinx, sursauta puis se pencha au-dessus de la table, comme s'il allait foudroyer Alatriste sur-le-champ.

– Éviter ?... Les soldats sont de la racaille, lança-t-il avec une infinie répugnance... La piétaille blasphème, saccage, s'adonne à la luxure. De quels sentiments infernaux parlez-vous ?... Pour vous, une vie ne vaut pas un liard.

Le capitaine ne répondit pas tout de suite et se contenta de hausser les épaules quand l'autre eut fini.

– Sans doute avez-vous raison, dit-il. Mais certaines choses sont difficiles à expliquer. J'allais tuer cet Anglais. Et je l'aurais fait s'il s'était défendu ou s'il avait demandé pitié pour lui-même... Mais il a demandé grâce pour l'autre...

L'homme masqué à la tête ronde cessa encore d'écrire.

– Vous ont-ils alors révélé leur identité ?

– Non, mais ils auraient pu le faire pour avoir la

vie sauve. Voyez-vous, j'ai été soldat pendant près de trente ans. J'ai tué et j'ai fait des choses pour lesquelles j'ai damné mon âme… Mais je sais apprécier le geste d'un homme courageux. Et ces deux hommes l'étaient, hérétiques ou pas.

– Vous donnez donc tant d'importance au courage ?

– C'est parfois la seule chose qu'il nous reste, répondit simplement le capitaine. Surtout à notre époque, quand tout est objet de négoce, jusqu'aux drapeaux et au nom de Dieu.

Un silence accueillit ces dernières paroles. L'homme masqué se contenta de le regarder fixement.

– Mais maintenant, vous savez qui sont ces deux Anglais.

Alatriste garda le silence, puis finit par laisser échapper un petit soupir.

– Me croiriez-vous si je le niais ? Depuis hier, tout Madrid le sait – il regarda longuement le dominicain, puis l'homme masqué. Et je suis heureux de ne pas avoir chargé ma conscience avec cette affaire.

L'homme masqué fit un geste brusque, comme s'il voulait se débarrasser de ce dont Diego Alatriste n'avait pas voulu se charger.

– Vous nous ennuyez avec votre conscience, capitaine.

C'était la première fois qu'il l'appelait ainsi. La

voix était ironique et Alatriste fronça les sourcils. Il n'aimait guère qu'on se moquât de lui.

– Peu m'importe si elle vous ennuie ou pas, répondit-il. Je n'aime tout simplement pas assassiner des princes sans savoir qu'ils le sont – il tordait sa moustache, irrité. Ni qu'on me trompe et qu'on se joue de moi quand j'ai le dos tourné.

– N'êtes-vous pas curieux, intervint le père Emilio Bocanegra qui écoutait attentivement, de savoir ce qui a pu pousser des hommes justes à vouloir ces morts ?... A vouloir empêcher que ces scélérats ne surprennent la bonne foi de Sa Majesté en emmenant en otage une infante d'Espagne dans leur pays d'hérétiques ?...

Alatriste secoua lentement la tête.

– Je ne suis pas curieux. Vous aurez constaté que je ne cherche même pas à savoir qui est ce gentilhomme qui se cache derrière son masque... – il les regardait avec une sérénité moqueuse, insolente. Pas plus que cet autre qui, l'autre soir, avant de s'en aller, donnait l'ordre de ne faire qu'une égratignure à messires John et Thomas Smith, de prendre leurs lettres et leurs documents, et de leur laisser la vie sauve.

Le dominicain et l'homme masqué se turent. Ils semblaient réfléchir. Ce fut finalement l'homme masqué qui parla le premier, en regardant ses ongles tachés d'encre.

– Vous soupçonnez peut-être l'identité de cette autre personne ?

– Je ne soupçonne rien, pardieu. Je me suis trouvé mêlé dans une affaire qui me dépasse, et je le regrette bien. Et maintenant, je n'aspire plus qu'à une chose : ne pas y laisser ma tête.

– Trop tard, dit le religieux d'une voix si basse que le capitaine crut entendre le sifflement d'un serpent.

– Revenons à nos deux Anglais, reprit l'homme masqué. Vous vous souviendrez qu'après le départ de notre compagnon, vous avez reçu du révérend père Emilio et de moi des instructions différentes...

– Je m'en souviens. Mais je me souviens aussi que vous-mêmes sembliez témoigner d'une déférence particulière à l'endroit de cette autre personne et que vous n'avez pas discuté ses ordres avant qu'elle ne s'en aille et que n'apparaisse derrière la tapisserie Sa... – Alatriste regarda en coin l'inquisiteur qui resta impassible comme s'il ne s'agissait pas de lui – ...Sa Révérence. Ce fait a pu également influer sur ma décision de laisser la vie sauve aux deux Anglais.

– Vous aviez reçu une jolie somme d'argent pour ne pas le faire.

– C'est exact, dit le capitaine en portant la main à son ceinturon. Et je l'ai encore ici.

Les pièces d'or roulèrent sur la table, brillantes à la lumière du candélabre. Le père Emilio Bocanegra ne les regarda même pas, comme si elles étaient maudites. Mais l'homme masqué tendit la main et les compta une par une en en faisant deux petits tas à côté de l'encrier.

– Il manque quatre doublons, dit-il.

– Oui. Pour ma peine. Et pour m'avoir pris pour un imbécile.

Le dominicain, jusque-là immobile, eut un geste de colère.

– Vous êtes un traître et un irresponsable, dit-il d'une voix vibrante de haine. Avec vos malheureux scrupules, vous avez encouragé les ennemis de Dieu et de l'Espagne. Et vous vous en repentirez, je vous le promets, dans les pires tourments de l'enfer. Mais auparavant, vous le paierez ici, sur terre, dans votre chair mortelle – le mot *mortelle* prenait une allure sinistre sur ses lèvres froides et fines. Vous en avez trop vu, vous en avez trop entendu et vous en avez trop fait, ou plutôt pas assez. Votre vie, capitaine Alatriste, ne vaut plus rien. Vous êtes un cadavre qui, par quelque étrange hasard, se tient encore debout.

Comme s'il n'entendait pas ces épouvantables menaces, l'homme masqué sécha l'encre sur le papier avec de la poudre. Ensuite, il plia la feuille et la glissa sous ses vêtements. Alatriste crut entrevoir une pointe rouge de la croix de l'ordre de Calatrava sous la robe noire. Il remarqua aussi que l'homme empochait les pièces d'or, sans paraître se souvenir qu'une partie d'entre elles étaient sorties de la bourse du dominicain.

– Vous pouvez vous retirer, dit-il à Alatriste après l'avoir regardé comme s'il venait de se souvenir de sa présence.

Le capitaine le regarda, surpris.

– Libre ?

– Façon de parler, répliqua le père Emilio Bocanegra avec un sourire qui valait bien une excommunication. Vous portez au cou le poids de votre trahison et de nos malédictions.

– Il ne me pèse pas trop – Alatriste continuait à les regarder, méfiant. Je peux vraiment m'en aller ?

– C'est ce que nous venons de vous dire. La colère de Dieu saura vous retrouver.

– Cette nuit, ce n'est pas la colère de Dieu qui m'inquiète. Mais vous…

L'homme masqué et le dominicain s'étaient levés.

– Nous en avons terminé avec vous, dit le premier.

Alatriste scrutait ses interlocuteurs, éclairés d'en bas par le candélabre qui jetait sur eux des lueurs inquiétantes.

– Je ne vous crois pas, conclut-il. Pas après m'avoir emmené ici.

– Ce n'est plus notre affaire, répliqua sèchement l'homme masqué.

Les deux hommes sortirent en emportant le candélabre. Diego Alatriste eut le temps de voir le regard terrible que le dominicain lui lança du seuil de la porte avant d'enfoncer ses mains dans ses manches et de disparaître comme une ombre avec son compagnon. Instinctivement, le capitaine porta la main à sa ceinture, là où se trouvait d'ordinaire le pommeau de son épée.

– Morbleu, mais où donc est le piège ? se demanda-t-il.

Et il se mit à arpenter la pièce à grands pas, sans trouver de réponse. Puis il se souvint du couteau de boucher qu'il avait glissé dans une de ses bottes. Il se baissa et l'empoigna fermement, attendant les bourreaux qui allaient certainement fondre sur lui d'un instant à l'autre. Mais personne ne vint. Les deux hommes étaient partis. Il était seul, inexplicablement, dans cette pièce éclairée par un rayon de lune qui pénétrait par le rectangle d'une fenêtre.

J'ignore combien de temps je restai dehors, immobile derrière le chasse-roue qui me cachait, confondu avec l'obscurité. Je serrais contre moi le ballot formé de la cape et des armes du capitaine pour me réchauffer un peu – j'étais sorti vêtu seulement d'un pourpoint et d'une culotte, derrière la voiture de Martín Saldaña et de ses sbires – et je restai ainsi fort longtemps, serrant les dents pour les empêcher de claquer. Finalement, voyant que personne ne sortait de la maison, je commençai à me faire du mauvais sang. Je ne pouvais croire que Saldaña eût assassiné mon maître, mais dans cette ville et à cette époque, tout était possible. L'idée m'inquiéta sérieusement. En regardant bien, je croyais voir filtrer de la lumière par une des fenêtres, comme si à l'intérieur il y avait quelqu'un avec une lampe, mais je ne pouvais m'en assurer d'où j'étais. Je décidai donc de m'approcher prudemment pour jeter un coup d'œil,

J'allais sortir à découvert quand, par une de ces inspirations auxquelles nous devons parfois la vie, je devinai un mouvement un peu plus loin, dans l'entrée d'une maison voisine. Ce ne fut qu'un instant, mais quelque chose avait bougé, comme les ombres des choses inanimées quand elles cessent de l'être. Surpris, je réprimai mon impatience et redoublai de vigilance, le cœur battant. Au bout d'un moment, l'ombre bougea de nouveau et, au même moment, j'entendis, venu de l'autre côté de la petite place, un sifflement doux qui ressemblait à un signal : un petit air qui ressemblait à *tiruli-ta-ta*. Mon sang se glaça dans mes veines.

Ils sont au moins deux, me dis-je après avoir scruté les ténèbres qui envahissaient la Porte des

Ames. Le premier, celui dont j'avais vu l'ombre, caché dans l'entrée d'une maison. Et l'autre, celui qui avait siffloté, un peu plus loin, dans l'angle que la place faisait avec le mur de l'abattoir.

Il y avait trois issues, de sorte que durant un moment je m'appliquai à surveiller la troisième. Quand enfin un nuage découvrit le croissant de lune, je parvins à deviner à contre-jour une troisième ombre, dans l'angle de la place.

La situation était claire et elle se présentait mal. Il m'était impossible de franchir les trente pas qui me séparaient de la maison sans me faire voir. Tout en songeant à ce qu'il convenait de faire, je défis prudemment la cape et posai l'un des pistolets sur mes genoux. Les ordonnances royales interdisaient leur usage, et je savais que si le guet me surprenait, mes jeunes os iraient bientôt vieillir sur une galère, sans que mon âge puisse excuser mon acte. Mais, foi de Basque, je m'en moquais éperdument. Et comme j'avais vu le capitaine le faire tant de fois, je m'assurai à tâtons que le silex était bien à sa place et je fis basculer le chien en essayant d'étouffer son claquement sous la cape. Puis je glissai le pistolet entre mon pourpoint et ma chemise, j'armai le deuxième et je le gardai à la main, tandis que de l'autre je me saisissais de l'épée du capitaine. Et je repris mon attente, immobile comme une statue.

Elle fut brève. Une lumière brilla dans la grande

entrée de la maison, puis s'éteignit, et une petite voiture apparut par l'une des rues qui débouchaient sur la place. A côté d'elle se détacha une silhouette sombre qui s'approcha de l'entrée. Pendant quelques instants, elle s'entretint là-bas avec deux autres ombres qui venaient de faire leur apparition. Puis la silhouette noire retourna dans son coin, les ombres montèrent dans la voiture et celle-ci, tirée par deux mules noires qui lui donnaient un air funèbre avec son cocher perché sur son siège, me frôla presque avant de s'enfoncer dans la nuit.

Je n'eus pas le loisir de songer bien longtemps à cette mystérieuse voiture. Les sabots des mules résonnaient encore que, de l'endroit où était postée la silhouette noire, s'éleva un nouveau sifflotement, *tiruli-ta-ta*, et que de l'ombre tout près de moi monta le bruit facilement reconnaissable d'une épée que l'on sort lentement de son fourreau. Je suppliai désespérément Dieu qu'il écartât à nouveau les nuages. Mais mes prières demeurèrent vaines. Le Créateur devait être occupé à autre chose. Je commençais à perdre la tête, ne sachant plus que faire. Je laissai tomber la cape et me mis debout pour mieux voir. C'est alors que la silhouette du capitaine Alatriste apparut dans l'embrasure de la grande porte.

La suite se passa à allure extraordinaire. L'ombre qui était la plus proche de moi sortit de sa cachette et s'avança vers Diego Alatriste presque au même moment que moi. Je retins mon souffle tandis qu'elle se dirigeait vers lui, sans savoir que j'étais derrière elle. Un, deux, trois pas. En cet instant précis, Dieu voulut bien se souvenir de moi et les nuages se déchirèrent. A la faible clarté qui tomba du croissant de lune, je pus distinguer le dos d'un homme robuste qui s'approchait, l'épée au clair. Et du coin de l'œil, j'en vis deux autres s'avancer sur la place. Pendant ce temps, l'épée du capitaine dans ma main gauche, je dressai la droite qui tenait le pistolet. Je vis alors que Diego Alatriste s'était arrêté au beau milieu de la place et que dans sa main brillait son couteau de boucher, bien inutile dans les circonstances. Je fis encore deux pas en avant et je touchai presque le dos de l'homme qui me précédait avec le canon du pistolet, quand celui-ci entendit mes pas et fit volte-face. J'eus le temps de voir son visage ahuri par la surprise quand je pressai sur la détente et que le coup partit. La détonation fit résonner la Porte des Ames.

La suite fut encore plus rapide. Je criai, ou je crus le faire, en partie pour alerter le capitaine, en partie à cause du terrible recul de l'arme qui me démit presque le bras. Mais le coup de feu avait mis le capitaine en garde et, quand je lui lançai son épée par-dessus l'homme qui se trouvait devant moi – ou plus exactement qui s'y était trouvé –, il bondit vers elle, se jetant de côté pour éviter que je ne le blesse. Elle n'avait pas touché le sol qu'il l'empoignait déjà d'une main ferme. La lune se cacha une fois encore derrière les nuages, je laissai tomber le pistolet déchargé, sortis l'autre de sous mon pourpoint et, tourné vers les deux ombres qui fonçaient sur le capitaine, je visai en tenant l'arme à deux mains. Mais elles tremblaient tant que le coup se perdit, tandis que le recul me faisait tomber à la renverse. Ébloui par l'éclair de l'arme, je vis l'espace d'une seconde deux hommes armés d'épées et de dagues. Le capitaine Alatriste leur tenait tête et se battait comme un diable.

Diego Alatriste les avait vus s'approcher juste avant le premier coup de pistolet. Il est vrai qu'il s'était attendu à une embuscade dès qu'il sortirait dans la rue et qu'il s'était préparé à vendre chèrement sa peau avec son ridicule couteau. L'éclair du coup de feu le déconcerta, comme les deux autres. Un instant, il crut que c'était lui qu'on visait. Puis il entendit mon cri et, ne comprenant toujours pas ce que je pouvais faire en ce lieu et à pareille heure, il vit voler son épée en l'air, comme si elle tombait du ciel. En un clin d'œil, il s'en était emparé, juste à temps pour faire face aux deux lames qui fonçaient sur lui avec une rage aveugle. Ce fut l'éclair du second coup de feu qui lui permit de se faire une image de la situation, quand la balle passa en sifflant tout près de lui et de ses assaillants. L'un d'eux l'attaquait par la gauche et l'autre de face, presque à angle droit. Celui qu'il avait devant lui tentait de lui faire garder cette position tandis que l'autre essayait de lui décocher un coup mortel au flanc gauche ou au ventre. Il s'était déjà trouvé dans pareille situation, mais il n'est pas facile de se battre contre deux adversaires lorsque la main gauche n'est armée que d'un petit couteau. Habilement, il pivotait d'un côté puis de l'autre pour se dérober le plus possible à leurs coups, cherchant surtout à se protéger du côté gauche. Ses agresseurs le suivaient dans chacun de ses mouvements, si bien qu'au bout d'une douzaine de bottes et de feintes, ils avaient fait un tour complet autour de lui. Deux coups portés en biais glissèrent sur sa casaque en peau de buffle. Le tintement des lames faisait résonner toute la place et je ne doute pas que, si l'endroit eût été plus habité, les gens eussent accouru aux fenêtres dès mon premier coup de pistolet. C'est alors que la chance qui, comme la fortune des armes sourit à celui qui reste lucide et ferme, vint au secours de Diego Alatriste. Dieu voulut que sa lame pénètre dans la garde de l'épée d'un de ses adversaires, jusqu'aux doigts ou au poignet. Se sentant blessé, l'homme fit deux pas en arrière, en bredouillant un blasphème. Il s'était à peine remis de sa surprise qu'Alatriste avait déjà porté trois coups fulgurants à l'autre agresseur qui trébuchait et reculait à son tour. Il n'en fallut pas davantage pour que le capitaine retrouve sa sérénité et, quand celui qui s'était blessé à la main s'approcha de nouveau, le capitaine lâcha son couteau, se protégea le visage de sa paume ouverte, se fendit complètement et lui mit trois bons pouces d'acier dans la poitrine. L'élan de l'autre fit le reste et il vint s'embrocher sur la lame tandis qu'il lâchait son arme en criant : « Jésus ! » Son épée tomba à terre avec un bruit métallique, derrière le capitaine.

Le second spadassin, qui se précipitait déjà, s'arrêta net. Alatriste tira sur son épée enfoncée dans le corps de l'autre qui s'effondra comme un sac, puis se retourna vers son dernier ennemi, le souffle court. Les nuages s'étaient suffisamment éclaircis pour qu'au clair de lune il puisse reconnaître l'Italien.

– Nous voilà à égalité, dit le capitaine, hors d'haleine.

– C'est un plaisir, répondit l'autre, et l'éclat blanc de son sourire éclaira son visage.

Il n'avait pas encore fini de parler qu'il lançait une botte basse, aussi rapide que l'attaque d'un aspic. Le capitaine, qui avait bien observé l'Italien lors de l'affaire des deux Anglais, s'y attendait. Il se déroba, tendit la main gauche pour dévier la lame et l'acier ennemi se perdit dans le vide. Mais, en reculant, le capitaine sentit qu'il avait reçu un coup de dague sur le revers de la main. Sûr que l'Italien ne lui avait coupé aucun tendon, il croisa le bras droit, poing levé, épée tournée vers le bas, écartant avec un tintement sec la lame qui revenait à la charge pour une deuxième botte, aussi étonnante et habile que la première. L'Italien recula d'un pas et les deux hommes se retrouvèrent face à face, haletants. La fatigue commençait à les gagner tous les deux. Le capitaine remua les doigts de sa main blessée et constata avec soulagement qu'ils bougeaient tous. Le sang coulait sur sa main, en un ruisseau lent et chaud.

– Est-il encore possible de nous entendre ? demanda-t-il.

L'autre garda le silence quelques instants. Puis il secoua la tête.

– Non, répondit-il. Vous avez été trop stupide l'autre nuit.

Sa voix sourde était celle d'un homme fatigué et le capitaine se dit que son adversaire en avait assez lui aussi.

– Et maintenant ?

– Maintenant, c'est votre tête ou la mienne.

Il y eut encore un silence. L'Italien bougea légèrement, Alatriste fit de même, sans baisser la garde. Ils tournèrent lentement l'un autour de l'autre, mesurant leurs forces. Sous sa casaque de cuir, le capitaine sentait sa chemise trempée de sueur.

– Je peux savoir votre nom ?

– Aucune importance.

– Vous vous cachez donc, comme un coquin.

Le rire âpre de l'Italien résonna.

– Peut-être. Mais je suis un coquin vivant. Et vous, vous êtes mort, capitaine Alatriste.

– Pas encore.

Son adversaire parut réfléchir, puis il jeta un regard sur le corps inerte de l'autre spadassin. Il me regarda ensuite, toujours à terre, près du troisième sbire qui bougeait encore faiblement. Le coup de pistolet avait dû lui faire une vilaine blessure, car nous l'entendions gémir à voix basse et réclamer la confession.

– Non, conclut l'Italien. Je pense que vous avez raison. Cette nuit n'est pas la mienne.

Sur ce, il fit mine de s'en aller. Mais dans le même mouvement, de sa main gauche, il se saisit de sa dague par la lame et la lança contre le capitaine. L'arme le manqua de justesse.

– Fils de pute, grommela Alatriste.

– Morbleu, fit l'autre. Vous n'espériez pas que j'allais attendre votre permission.

Ils restèrent encore une fois immobiles, s'observant l'un l'autre. Finalement, l'Italien fit un petit geste, Alatriste en fit un autre et, toujours prudents, ils relevèrent leurs épées qui se touchèrent avec un léger cliquetis, puis les abaissèrent de nouveau.

– Par Belzébuth, soupira finalement l'Italien. Jamais deux sans trois.

Et il s'éloigna très lentement à reculons, sans perdre de vue le capitaine, sa lame devant lui. Ce n'est que presque arrivé au coin de la rue qu'il se décida à rengainer son épée.

– Maintenant que j'y pense, dit-il quand il fut sur le point de disparaître dans l'ombre. Je m'appelle Gualterio Malatesta. Vous m'entendez bien ?... Et je suis de Palerme... Je veux que vous vous en souveniez, le jour où je vous tuerai !

L'homme grièvement blessé par mon coup de pistolet continuait à réclamer la confession. Il avait la moitié de l'épaule arrachée et l'os de la clavicule, réduit en bouillie, était visible par la blessure. Dans peu de temps, le diable allait être bien servi. Diego Alatriste lui lança un rapide coup d'œil, indifférent, fouilla dans ses poches comme il l'avait fait précédemment avec le mort, puis se dirigea vers moi et s'accroupit. Il ne me remercia point, ni ne me dit ce que devrait dire quelqu'un quand un jeune garçon de treize ans vient de lui sauver la vie. Il me demanda simplement si tout allait bien. Quand je lui eus répondu que oui, il mit son épée sous son bras et, me prenant de l'autre par les épaules, m'aida à me relever. Sa moustache frôla un instant mon visage et je vis que ses yeux, plus clairs que jamais à la lumière de la lune, m'observaient avec une étrange fixité, comme s'ils me voyaient pour la première fois.

Le moribond gémit encore, réclamant la confession. Le capitaine se retourna et je vis qu'il réfléchissait.

– Va à Saint-André chercher un prêtre pour ce malheureux, dit-il finalement.

Je le regardai, indécis, et il me sembla deviner sur son visage une grimace remplie d'amertume.

– Il s'appelle Ordoñez, ajouta-t-il. Je l'ai connu en Flandre.

Puis il ramassa ses pistolets et s'en alla. Avant d'obéir, je m'en fus jusqu'au chasse-roue chercher la cape, puis je courus derrière lui pour la lui remettre. Il la jeta sur son épaule et leva la main pour me toucher légèrement la joue, avec une tendresse que je ne lui connaissais pas. Il continuait à me regarder avec ces mêmes yeux de tout à l'heure, quand il m'avait demandé si tout allait bien. Et moi, partagé entre la honte et la fierté, je sentis couler sur mon visage une goutte de sang de sa main blessée.

IX

LE PARVIS DE SAN FELIPE

Après cette nuit mouvementée, ce fut le calme pendant plusieurs jours. Mais comme Diego Alatriste était bien résolu à ne pas quitter la ville ni à se cacher, nous étions constamment sur nos gardes, comme si nous avions été en campagne. Rester en vie, comme je le découvris alors, est beaucoup plus fatigant que de se laisser mourir et vous demande l'usage de vos cinq sens. Le capitaine dormait plus le jour que la nuit, et au moindre bruit, un chat sur le toit ou le grincement d'une marche, je me réveillais et le voyais en chemise, assis dans son lit, la biscayenne ou un pistolet à la main. Après l'escarmouche de la Porte des Ames, il avait essayé de m'envoyer quelque temps chez ma mère, ou chez un ami. Mais je lui avais répondu que je n'avais pas l'intention d'abandonner le champ de bataille, que je partageais son sort et que si j'avais été capable de tirer deux coups de pistolet, je pouvais bien en tirer vingt si l'occasion se présentait. Dispositions que je renforçai en déclarant que je m'enfuirais de l'endroit où il m'enverrait, quel qu'il fût. J'ignore si Alatriste apprécia ma décision, car je vous ai déjà dit qu'il n'était pas homme à exprimer ses sentiments. Mais je parvins au moins à lui faire hausser les épaules, et il ne me reparla plus de son projet. Le fait est que le lendemain je trouvai sur mon oreiller une bonne dague, nouvellement achetée rue des Armuriers : poignée damasquinée, croix d'acier et une lame bien trempée longue de six pouces, fine et à double tranchant. Une de ces dagues que nos grands-parents appelaient des *miséricordes*, car on s'en servait souvent pour achever l'ennemi en les faisant glisser dans les interstices des armures ou sous la visière du casque des chevaliers tombés à terre. Cette arme blanche fut la première que je possédai et je l'ai conservée avec beaucoup d'affection pendant vingt années, jusqu'au jour où, à Rocroi, je dus la laisser plantée dans les articulations de la cuirasse d'un Français. Ce qui, somme toute, fut une juste fin pour une bonne dague comme celle-là.

Tandis que nous ne dormions que d'un œil,

nous méfiant même de nos ombres, Madrid n'était plus que fêtes avec la venue du prince de Galles, cette fois annoncée publiquement. Ce furent des journées de promenades à cheval, de réjouissances à l'Alcázar, de banquets, de bals masqués, sans oublier une course de taureaux sur la Plaza Mayor dont je me souviens comme de l'un des plus brillants spectacles que connut le Madrid des Autrichiens. Les meilleurs cavaliers de la cour – dont notre jeune roi – s'y illustrèrent, lançant leurs banderilles et piquant les taureaux de Jarama, donnant la preuve de leur sang-froid et de leur bravoure. Les courses de taureaux étaient, comme elles le sont encore aujourd'hui, la fête favorite du peuple madrilène et de toute l'Espagne ou presque. Le roi et notre belle reine Isabelle, quoique fille du grand Henri IV le Béarnais, et donc française, les prisaient fort. Philippe IV, aussi sage qu'élégant cavalier et bon tireur, adorait la chasse et les chevaux – un jour, il en perdit un sous lui alors qu'il tuait de sa propre main son troisième sanglier de la journée –, et c'est ainsi que l'immortalisa Diego Velázquez sur ses toiles, comme le firent en vers de nombreux auteurs et poètes, dont Lope de Vega, Don Francisco de Quevedo ou Don Pedro Calderón de la Barca dans une comédie célèbre, *Le Ruban et la Fleur* :

Dirai-je quel galant de bride,
chaussé de bottes et d'éperons,

tenant main basse et le bras rond,
soucieux de bien serrer la bride,
sa cape repliée, amène
le maintien, qui d'un œil aigu
galant a parcouru la rue,
tenant l'étrier de la reine ?

J'ai déjà dit qu'à dix-huit ou vingt ans, notre bon roi était – et il le resta pendant bien longtemps – un homme aimable, coureur de jupons, gaillard et adoré de son peuple, ce bon et malheureux peuple espagnol qui a toujours considéré que ses monarques étaient les plus justes et les plus magnanimes de la terre, quand bien même leur pouvoir déclinait. Le règne du roi précédent, Philippe III, avait été bref mais funeste, livré aux mains d'un favori incompétent et vénal. Quant à notre jeune monarque, cavalier accompli mais aboulique et incapable quand il s'agissait des affaires du gouvernement, il était à la merci des réussites et des erreurs – et celles-ci furent plus nombreuses que celles-là – du comte devenu plus tard duc d'Olivares. Le peuple espagnol a bien changé depuis, du moins ce qu'il en reste. A la fierté et à l'admiration qu'il éprouvait pour ses rois a succédé le mépris ; à l'enthousiasme, la critique acerbe ; aux rêves de grandeur, la dépression la plus profonde et le pessimisme général. Je me souviens encore, et je crois que ce fut durant la course de taureaux du prince de Galles ou en une occasion postérieure, qu'une bête, particulièrement brave, ne put être réduite à la merci de ses assaillants. Personne, pas même les gardes espagnols, bourguignons et allemands de la place, n'osait s'approcher d'elle. C'est alors que du balcon de la Maison de la boulangerie, le roi, parfaitement tranquille, demanda une arquebuse à l'un des gardes et, sans rien perdre de sa royale assurance, impassible, descendit dans l'arène, rejeta sa cape en arrière, porta la main à son chapeau avec désinvolture, visa et tira. En un éclair, tout fut fini. Le taureau était mort. Conquis, le public éclata en applaudissements et en vivats et on parla de cette affaire pendant des mois, aussi bien en vers qu'en prose : Calderón, Hurtado de Mendoza, Alarcón, Vélez de Guevara, Rojas, Saavedra Fajardo, Don Francisco de Quevedo lui-même et tous ceux qui à la cour étaient capables de tremper une plume dans un encrier invoquèrent les muses pour immortaliser l'exploit et chanter les louanges du monarque, le comparant tantôt à Jupiter tonnant, tantôt à Thésée tuant le taureau de Marathon. Je me souviens que le célèbre sonnet de Don Francisco commençait ainsi :

En donnant la mort au ravisseur d'Europe
dont tu es le seigneur, toi l'ibère monarque…

Et jusqu'au grand Lope de Vega qui écrivit ces lignes, adressées au taureau abattu par la main royale :

> *Qu'il est heureux et malheureux ton sort,*
> *car la vie ne t'ayant donné raison,*
> *tu ne sais ce que tu dois à ta mort.*

Célèbre et adulé de tous, Lope de Vega n'avait cependant nul besoin de flatter personne. Mais voyez comment vont les choses, comment nous sommes, nous autres Espagnols, comment ici on abusa toujours des braves gens, et comme il est facile de les tromper en faisant appel à leur cœur généreux. Voyez comme on nous a poussés à l'abîme par méchanceté ou par incompétence, alors que nous méritions un sort meilleur. Si Philippe IV avait pris la tête de ses anciens et glorieux régiments pour reprendre la Hollande, vaincre le roi Louis XIII et son ministre Richelieu, débarrasser l'Atlantique des pirates et la Méditerranée des Turcs, envahir l'Angleterre, hisser la croix de Saint-André sur la Tour de Londres et sur la Sublime Porte, il n'aurait pas suscité plus d'enthousiasme chez ses sujets qu'en mettant à mort ce taureau avec la grâce qui était la sienne… Quelle différence avec cet autre Philippe IV que j'allais moi-même escorter trente ans plus tard, veuf, ses fils morts, souffreteux ou dégénérés, en une longue procession à travers une Espagne déserte, dévastée par les guerres, la faim et la misère, acclamé tièdement par quelques malheureux paysans qui pouvaient encore se presser au bord du chemin ! Endeuillé, vieilli, défait, en route pour la frontière de la Bidassoa pour consommer l'humiliation de donner sa fille en mariage à un roi français, signant ainsi l'acte de décès de cette malheureuse Espagne qu'il avait conduite au désastre, gaspillant l'or et l'argent de l'Amérique en vaines fêtes, enrichissant fonctionnaires, hommes d'église, nobles et favoris corrompus, jonchant de tombes d'hommes valeureux les champs de bataille de la moitié de l'Europe.

Mais rien ne sert d'aller au-devant des années. L'époque dont je parle était encore bien éloignée d'un futur si lamentable et Madrid était toujours la capitale de l'Espagne et du monde. Ces jours-là, comme les semaines qui suivirent et les mois que durèrent les fiançailles de notre infante María, la ville et la cour les passèrent en fêtes de toutes sortes, tandis que les belles dames et les gentilshommes les plus gracieux se pavanaient avec la famille royale et son illustre invité dans la Calle Mayor ou la rue du Prado, en promenades élégantes dans les jardins de l'Alcázar, près de la Fontaine del Acero et dans les pinèdes de la Casa de Campo. En respectant bien entendu les règles les plus strictes de l'étiquette qui voulait que les deux fiancés ne fussent jamais seul à seul et que les surveillât constamment – au grand désespoir du fougueux damoiseau – une nuée de majordomes et de duègnes. Loin de la sourde lutte diplomatique que se livraient les chancelleries pour ou contre le mariage, la noblesse et le peuple de Madrid rivalisaient en hommages à l'héritier du trône d'Angleterre et à sa suite de compatriotes qui, peu à peu, vinrent le rejoindre à la cour. On disait en ville que l'infante se mourait d'envie d'apprendre le parler anglais et que le prince Charles, résolu à embrasser la vraie foi, étudiait avec des théologiens la doctrine catholique. Rien n'était plus éloigné de la réalité, comme on le vit plus tard. Mais sur le moment, et dans un tel climat de bonne volonté, les rumeurs, la prestance, la courtoisie et les bonnes manières du jeune prétendant firent que sa popularité alla grandissant. Ce qui plus tard ferait oublier les insolences et les caprices de Buckingham, qui prenait de plus en plus d'assurance avec le temps. Nommé duc par le roi Jacques, il comprit, comme Charles, que ce mariage serait une entreprise longue et ardue. Buckingham se révéla alors sous un nouveau jour peu aimable de jeune favori mal élevé et empreint d'une arrogance frivole, ce que toléraient à grand-peine les sévères hidalgos espagnols, surtout quand il s'agissait de ces trois questions qui, à l'époque, étaient sacrées : le protocole, la religion et les femmes. Buckingham finit par se comporter si mal que seules l'hospitalité et la bonne éducation de nos gentilshommes évitèrent, en plus d'une occasion, qu'un gant ne volât au visage de l'Anglais en réponse à quelque insolence, avant que la question ne trouvât sa solution, comme il eût convenu, devant témoins et par l'épée, au petit matin, dans le Prado de l'ordre de Saint-Jérôme ou à la Porte de la Vega. Quant au comte d'Olivares, ses relations avec Buckingham allèrent de mal en pis après les premiers jours de courtoisie obligée, ce qui, à la longue, quand les fiançailles échouèrent, eut de néfastes conséquences pour les intérêts de l'Espagne. Aujourd'hui que les années ont passé, je me demande si Diego Alatriste n'aurait pas mieux fait de trouer la peau de l'Anglais cette fameuse nuit, en dépit de ses scrupules et aussi vaillant que se fût montré le maudit hérétique. Mais allez donc savoir. De toute façon, on régla plus tard le compte de Georges Villiers dans son propre pays, quand un puritain du nom de Felton, poussé à ce qu'on dit par une certaine Milady de Winter, lui donna plus de coups de poignard dans les entrailles qu'il y a d'orémus dans un missel.

Enfin. Ces détails foisonnent dans les annales de l'époque où le lecteur intéressé trouvera de quoi satisfaire sa curiosité. Revenons-en à notre histoire.

Je me contenterai de dire qu'en ce qui concerne le capitaine Alatriste et moi-même, nous ne participâmes point aux réjouissances de la cour, faute d'y avoir été invités et de l'envie d'y paraître. Comme je l'ai déjà dit, les jours qui suivirent l'échauffourée de la Porte des Ames se déroulèrent sans incidents, sans doute parce que ceux qui tiraient les fils de cette affaire étaient trop occupés par les allées et venues de Charles de Galles pour s'intéresser à de menus détails – et par là je veux parler de nous. Mais nous savions bien que tôt ou tard il nous faudrait payer la note. Tant il est vrai qu'après le soleil vient toujours la pluie.

J'ai déjà parlé de ces lieux de rencontre, les *mentideros*, où les oisifs venaient échanger nouvelles, médisances et rumeurs qui couraient dans la ville. Il y en avait trois principaux – San Felipe, Losas de Palacio et Representantes – mais le plus fréquenté était celui de San Felipe, sur le parvis de l'église des augustins, entre les rues Correos, Mayor et Esparteros. Le parvis surplombait la Calle Mayor. Le long des marches s'alignaient des échoppes où l'on vendait des jouets, des guitares et de la bimbeloterie, alors que le parvis proprement dit formait une vaste esplanade pavée, entourée de balustrades. De cette espèce de tribune où l'on se promenait d'un groupe à l'autre, on pouvait voir passer gens et voitures. San Felipe était le lieu le plus animé, bruyant et populaire de tout Madrid. Comme il était proche des Postes royales où arrivaient les lettres et les nouvelles du reste de l'Espagne et du monde, et que l'on y dominait la plus grande rue de la ville, c'était une sorte de promenoir en plein air où s'échangeaient opinions et ragots, tandis que paradaient les soldats, médisaient les prêtres, œuvraient les voleurs à la tire et faisaient feu de leur esprit les poètes, grands et petits. Lope de Vega, Don Francisco de Quevedo et Alarcón le Mexicain, parmi d'autres, le fréquentaient. Toute nouvelle, rumeur ou mensonge qu'on y lançait se mettait à courir de bouche à oreille et rien n'échappait à ces langues qui savaient tout et mettaient en pièces tout un chacun, depuis le roi jusqu'au dernier des vilains. Bien des années plus tard, Agustín Moreto citait encore ce lieu dans une de ses comédies en mettant ces paroles dans la bouche d'un paysan et celle d'un militaire :

– Quoi, vous ne quittez ce parvis !
– C'est ici qu'on voit ses amis.
Ces dalles m'ont ensorcelé ;
car n'ai au monde jamais trouvé
terre si fertile en quolibets.

Et jusqu'au grand Miguel Cervantes, que Dieu l'ait dans toute sa gloire, qui avait écrit dans son *Voyage au Parnasse* :

Adieu parvis de San Felipe,
à bas le Turc et vive la vie,
c'est la gazette que je lis.

Je vous livre ces citations afin que vous sachiez à quel point l'endroit était fameux. On y discutait en petits groupes des affaires de Flandre, d'Italie et des Indes avec la gravité d'un Conseil de Castille, on y répétait ragots et épigrammes, on y couvrait de fange l'honneur des dames, des comédiennes et des maris cocus, on y adressait de sanglants quolibets au comte d'Olivares, on y narrait à voix basse les aventures galantes du roi… Bref, c'était un lieu des plus agréables où l'esprit pétillait, source de nouveautés et d'autant de médisances. On s'y rassemblait tous les jours vers onze heures. Une heure plus tard, la cloche sonnait l'angélus et chacun se découvrait puis retournait vaquer à ses occupations, laissant le champ libre aux mendiants, aux étudiants pauvres, aux femmes de petite vertu et aux gueux qui venaient y attendre la généreuse soupe des augustins. Le parvis recommençait à s'animer dans l'après-midi, à l'heure de la promenade dans la Calle Mayor, et l'on regardait alors les dames passer dans leurs carrosses, les catins qui se donnaient des airs ou les pensionnaires des bordels voisins – il en existait un fort célèbre juste de l'autre côté de la rue –, susciter sur leur passage compliments galants et plaisanteries. Tout cela durait jusqu'à ce que la cloche sonne la prière de l'après-midi. On se recueillait alors, le chapeau à la main, puis l'on s'en retournait à la maison jusqu'au lendemain. Chacun chez soi et Dieu chez tout le monde.

J'ai déjà dit que Don Francisco de Quevedo fréquentait le parvis de San Felipe où il était souvent accompagné de ses amis, le licencié Calzas, Juan Vicuña ou le capitaine Alatriste. L'estime dans laquelle le poète tenait mon maître obéissait, entre autres, à des considérations pratiques : il s'embrouillait constamment dans des disputes et querelles de jalousie avec bon nombre de ses collègues, chose courante à l'époque et encore aujourd'hui dans notre pays de traquenards et d'envies fratricides où la parole offense et tue aussi bien ou même mieux que l'épée. Certains, comme Luis de Góngora ou Juan Ruiz de Alarcón, étaient ses ennemis jurés, et pas seulement dans l'auguste royaume des lettres. Voici, par exemple, ce que disait Góngora de Don Francisco de Quevedo :

Muse qui souffle et point n'inspire,
traîtresse qui sais, palsambleu,

glisser, poser tes doigts bien mieux
dans ma bourse que sur sa lyre.

Le lendemain, c'était la riposte. Don Francisco contre-attaquait en faisant donner sa plus grosse artillerie :

Ce sommet de vice et d'insulte,
lui chez qui les vents sont sirènes,
de Góngora le cul, le culte,
un bougre n'en voudrait à peine.

Ou ces autres vers, célèbres pour leur férocité, qui couraient d'un bout à l'autre de la ville, chantant pouilles au pauvre Góngora :

Homme chez qui la pureté
fut si mince, hormis sa race,
que jamais n'ai vu que je sache
merde de sa bouche tomber.

Joliesses que l'implacable Don Francisco réservait aussi au pauvre Ruiz de Alarcón dont il aimait railler impitoyablement la disgrâce physique, car il était bossu :

Qui au sein a des écrouelles,
et sur le flanc et sur les os ?
Bobosse.

Ces vers circulaient sous le couvert de l'anonymat, mais tout le monde savait quelle plume fielleuse les fabriquait. Naturellement, les autres ne demeuraient pas en reste et faisaient pleuvoir sonnets et couplets. Mais à peine les lisait-on dans les *mentideros* que Don Francisco ripostait avec une plume trempée dans l'encre la plus corrosive qu'on pût imaginer. Et quand il ne s'agissait pas de Góngora ou d'Alarcón, il s'en prenait aux autres. Car les jours où le poète se levait du mauvais pied, il faisait feu de tout bois :

Cornard tu es, tiens, jusqu'aux trousses,
labourant avec tes deux tempes ;
si longues cornes sur ta hampe,
que dans la boue tu t'éclabousses.

Et ainsi de suite. De sorte que, même brave et bon bretteur, le grognon poète était rassuré d'avoir à ses côtés un homme de la trempe de Diego Alatriste à l'heure de se promener parmi d'éventuels ennemis. L'homme auquel s'adressait ce dernier poème – ou un autre qui crut s'y reconnaître, car dans le Madrid de l'époque les cocus ne manquaient pas – accourut sur le parvis de San Felipe pour demander des explications, escorté d'un ami, un matin que Don Francisco se promenait avec le capitaine. L'affaire fut réglée à la tombée de la nuit avec un peu de fer, derrière le mur des Récollets, tant et si bien que le présumé cocu et son ami, une fois guéris des estafilades qu'ils avaient reçues au passage, ne lurent désormais que de la prose et ne jetèrent jamais plus les yeux sur le moindre sonnet.

Ce matin-là, donc, sur le parvis de San Felipe, tout le monde parlait du prince de Galles, de l'infante, des derniers cancans de la cour, ainsi que de la guerre qui reprenait en Flandre. Je me souviens qu'il faisait beau et que le ciel était bleu et limpide entre les toits des maisons. Le parvis grouillait de monde. Le capitaine Alatriste, qui continuait à se montrer sans craintes apparentes – sa main, pansée après le guet-apens de la Porte des Ames, était hors de danger –, portait des guêtres, des chausses grises et un pourpoint foncé qu'il avait fermé jusqu'au cou. Malgré la tiédeur de l'air, il avait jeté sa cape sur ses épaules pour dissimuler la crosse d'un pistolet, à côté de sa dague et de son épée. Contrairement à la plupart des anciens soldats de l'époque, Diego Alatriste n'aimait guère les vêtements et ornements de couleur et la seule chose qui attirât l'attention dans son habit était la plume rouge qui décorait son chapeau à large bord. Même ainsi, son aspect contrastait avec la sévère sobriété du costume noir de Don

Francisco de Quevedo que seule démentait la croix de Saint-Jacques cousue sur la poitrine, sous un petit manteau, noir lui aussi. Je venais de porter des lettres pour eux à la poste royale et ils m'avaient autorisé à les accompagner. Leur groupe, composé du licencié Calzas, de Vicuña, du père Pérez et de quelques connaissances, devisait à côté de la balustrade qui donnait sur la Calle Mayor. On commentait la dernière impertinence de Buckingham qui, avait-on appris de bonne source, avait osé courtiser l'épouse du comte d'Olivares.

– Perfide Albion, disait le licencié Calzas qui ne pouvait plus souffrir les Anglais depuis que, bien des années plus tôt, alors qu'il rentrait des Indes, il avait failli être fait prisonnier par Walter Raleigh, un corsaire qui avait démâté leur navire et tué quinze hommes d'équipage.

– La manière forte, renchérit Vicuña en fermant le seul poing qu'il lui restait. Ces hérétiques ne comprennent que la manière forte… C'est ainsi qu'ils remercient le roi de son hospitalité !

Circonspects, les autres membres du groupe acquiesçaient avec tiédeur. Il y avait là deux prétendus anciens soldats aux moustaches féroces qui n'avaient jamais entendu un coup d'arquebuse de leur vie, deux ou trois oisifs, un étudiant de Salamanque à la cape râpée, famélique et dégingandé, qui répondait au nom de Juan Manuel de Parada, ou de Pradas, un jeune peintre récemment arrivé à Madrid et recommandé à Don Francisco par son ami Juan de Fonseca, et un savetier de la rue Montera appelé Tabarca, connu pour être le chef de claque de ceux qu'on appelait les *mousquetaires* : la plèbe des parterres, celle qui assistait aux comédies debout, applaudissant ou sifflant sur commande, et qui décidait ainsi de leur succès ou de leur échec. Quoique roturier et analphabète, ce Tabarca était un homme grave et redoutable qui se piquait de tout savoir. Chrétien de vieille souche et hidalgo venu à moins, prétendait-il – comme presque tout le monde. En raison de son influence auprès de la populace des théâtres, les auteurs qui tentaient de se faire connaître à la cour, et même certains qui y étaient déjà connus, le flattaient sans vergogne.

– De toute façon, ajouta Calzas avec un clin d'œil cynique, on dit que la légitime du favori ne fait pas la dégoûtée quand on lui conte goguettes. Et Buckingham est beau garçon.

Le père Pérez se scandalisa :

– Je vous en prie, monsieur le licencié !... Tenez votre langue. Je connais son confesseur et je puis vous assurer que Doña Inès de Zúñiga est une pieuse et sainte femme.

– Des saintes – répondit Calzas effrontément – l'enfer et les bordels en sont pleins.

Calzas riait, railleur et goguenard, tandis que le

père se signait en lançant un coup d'œil à la ronde, un peu inquiet. Le capitaine Alatriste foudroya l'avocat du regard pour oser parler avec un tel sans-gêne en ma présence. Quant au jeune et plaisant peintre qui répondait au nom de Diego de Silva, un Sévillan de vingt-trois ou vingt-quatre ans au fort accent andalou, il nous regardait tour à tour comme s'il se demandait dans quel piège il avait bien pu tomber.

– Avec votre permission... commença-t-il timidement en levant un index taché de peinture à l'huile.

Personne ne fit vraiment attention à lui. Malgré la recommandation de son ami Fonseca, Don Francisco de Quevedo n'oubliait pas que le jeune peintre avait exécuté, à peine arrivé à Madrid, un portrait de Luis de Góngora et, quoiqu'il n'eût rien contre le jeune homme, il avait décidé de le punir de ce péché en faisant comme s'il n'existait pas, pour quelques jours au moins. En vérité, Don Francisco et le jeune Sévillan devinrent très vite des intimes et le meilleur portrait que nous ayons du poète nous vient précisément de ce même jeune homme qui, avec le temps, allait aussi devenir l'ami de Diego Alatriste et le mien quand il se fit mieux connaître sous le nom de sa mère : Velázquez.

Bien. Je vous racontais donc qu'après la tentative infructueuse du jeune peintre pour intervenir dans la conversation, quelqu'un mentionna la question du Palatinat et tous s'emberlificotèrent dans une discussion animée à propos de la politique espagnole en Europe centrale. Tabarca le savetier y mit son grain de sel avec le plus grand aplomb du monde, donnant son avis sur le duc Maximilien de Bavière, l'Électeur palatin et le pape de Rome qui, il en avait la conviction, s'entendaient en sous-main. Un des présumés *miles gloriosus* intervint à son tour, assurant qu'il possédait des nouvelles fraîches de l'affaire, fournies par un beau-frère qui servait au palais. La conversation tourna court quand tous, sauf l'abbé Pérez, se penchèrent par-dessus la balustrade pour saluer quelques dames qui passaient, assises dans une voiture découverte, entourées de brocarts et de vertugadins, en route vers les bijouteries de la Porte de Guadalajara. C'étaient des courtisanes, autrement dit des catins de luxe. Mais, dans l'Espagne des Autrichiens, même les putains se donnaient de grands airs.

Tous se recouvrirent et la conversation reprit. Don Francisco, qui n'y prêtait qu'une oreille distraite, s'approcha de Diego Alatriste et, d'un signe du menton, lui montra deux individus qui se tenaient à distance, dans la foule.

– Vous suivraient-ils, capitaine ? demanda-t-il à voix basse, l'air de rien. Ou est-ce moi ?

Alatriste jeta un regard discret aux deux hommes. Ils avaient l'air d'argousins ou de sicaires.

Se sentant observés, ils s'étaient retournés légèrement en se dissimulant.

– Je dirais que c'est moi, Don Francisco. Mais avec vous et votre plume, on ne sait jamais.

Le poète regarda mon maître en fronçant le sourcil.

– Supposons qu'il s'agisse de vous. L'affaire est grave ?

– Peut-être.

– Soit. Eh bien, puisqu'il faut nous battre, battons-nous… Avez-vous besoin d'aide ?

– Pas pour le moment – le capitaine regardait les spadassins en plissant légèrement les paupières, comme s'il voulait graver leurs visages dans sa mémoire… De plus, vous avez déjà suffisamment d'ennuis pour vous charger des miens.

Don Francisco se tut. Puis il tordit sa moustache et, après avoir ajusté ses bésicles, lança aux deux quidams un regard résolu et furieux.

– Quoi qu'il en soit, conclut-il, s'il faut nous battre, deux contre deux font la partie égale. Vous pouvez compter sur moi.

– Je le sais, répondit Alatriste.

– Zis, zas, en garde et sus à l'ennemi – le poète avait posé la main sur le pommeau de son épée qui dépassait sous son petit manteau. Je vous dois bien cela. Et mon maître n'est pourtant pas Pacheco.

Le capitaine répondit à son sourire malicieux.

Luis Pacheco de Narvaéz était le maître d'armes le plus réputé de Madrid. Il donnait même des leçons au roi. L'homme avait écrit plusieurs traités sur le maniement des armes. Un jour qu'il se trouvait chez le président de Castille, Don Francisco de Quevedo et lui se mirent à ergoter sur des vétilles. Ayant résolu d'en avoir le cœur net dans une démonstration amicale, ils prirent leurs lames et Don Francisco toucha maître Pacheco à la tête dès le premier assaut, faisant voler son chapeau. Depuis, l'inimitié entre les deux hommes était devenue mortelle. L'un avait dénoncé l'autre devant le tribunal de l'Inquisition et celui-là avait peint un portrait fort peu charitable du premier dans *L'Histoire de la vie du filou don Pablo* qui, bien qu'imprimée deux ou trois ans plus tard, circulait déjà sous forme de copies manuscrites dans tout Madrid.

– Voici Lope de Vega, dit quelqu'un.

Tous se découvrirent quand le grand Félix Lope de Vega Carpio apparut, fendant lentement la foule qui s'écartait sur son passage. Il s'arrêta quelques instants pour deviser avec Don Francisco de Quevedo qui le félicita pour la comédie qu'on allait représenter le lendemain au théâtre du Prince, un événement auquel Diego Alatriste avait promis de m'emmener, car je n'étais jamais allé au théâtre. Puis Don Francisco fit les présentations.

– Le capitaine Don Diego Alatriste y Tenorio… Vous connaissez déjà Juan Vicuña… Diego

Silva... Ce jeune garçon est Iñigo Balboa, fils d'un militaire tombé en Flandre.

Entendant cela, Lope de Vega me caressa doucement le sommet de la tête. Je le voyais pour la première fois et je devais toujours me souvenir de sa contenance grave et digne de sexagénaire qui, avec son habit noir, faisait penser à celle d'un ecclésiastique, de ses cheveux courts, presque blancs, de sa moustache grise et de ce sourire cordial, un peu absent, comme fatigué, qu'il nous adressa avant de poursuivre son chemin, salué respectueusement par tout le monde.

– N'oublie jamais cet homme ni ce jour, me dit le capitaine en me donnant une pichenette affectueuse là où Lope de Vega m'avait touché.

Et je ne l'ai jamais oublié. Aujourd'hui encore, tant d'années plus tard, je porte la main au sommet de ma tête et j'y sens le contact des doigts affectueux du Phénix des beaux esprits. Il n'est plus, comme Don Francisco de Quevedo, comme Velázquez, comme le capitaine Alatriste, comme cette époque misérable et magnifique que je connus alors. Mais subsiste encore dans les bibliothèques, dans les livres, sur les toiles, dans les églises, les palais, les rues et les places, la trace indélébile que ces hommes laissèrent durant leur passage sur cette terre. Le souvenir de la main de Lope de Vega disparaîtra avec moi quand je mourrai, comme l'accent andalou de

Diego de Silva, le son des éperons d'or de Don Francisco quand il boitait, ou le regard vert et serein du capitaine Alatriste. Mais l'écho de leurs vies singulières continuera de résonner tant qu'existera ce lieu aux contours imprécis, mélange de peuples, de langues, d'histoires, de sangs et de rêves trahis : cette scène merveilleuse et tragique que nous appelons l'Espagne.

Je n'ai pas oublié non plus ce qui se passa ensuite. L'heure de l'angélus approchait quand, devant les échoppes qui se trouvaient au pied de San Felipe, s'arrêta un carrosse noir que je connaissais bien. J'étais appuyé contre la balustrade du parvis, un peu à l'écart, écoutant mes aînés. Et le regard que je découvris en bas, fixé sur moi, me parut refléter la couleur du ciel qui se déployait au-dessus de nos têtes et des toits ocre de Madrid, au point que tout ce qui m'entourait, sauf cette couleur, ou ce regard, ou le ciel, disparut de ma vue. Comme une douce agonie de bleu et de lumière à laquelle j'eusse été incapable de me soustraire. C'est ainsi que je veux mourir, me dis-je en cet instant : baigné dans une couleur semblable. Je m'écartai alors un peu plus du groupe et descendis lentement l'escalier, sans vraiment le vouloir, comme prisonnier d'un philtre hypnotique. Un instant, comme dans un éclair de lucidité au milieu de cette extase, alors que je descendais de San Felipe à la Calle Mayor, je sentis que me suivait, à des lieues et des lieues de distance, le regard inquiet du capitaine Alatriste.

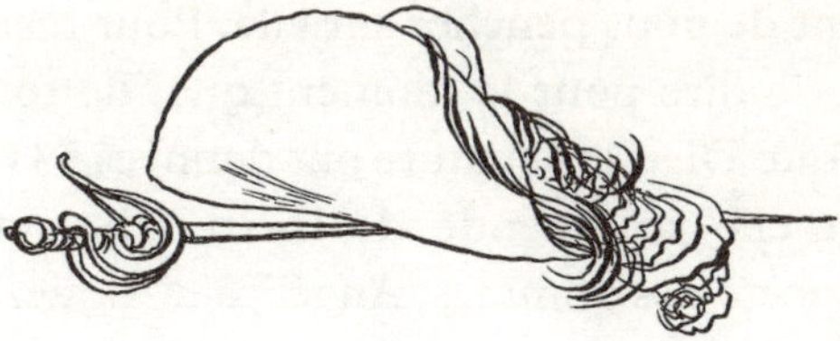

X

LE THÉÂTRE DU PRINCE

Je tombai dans le piège. Ou, pour être plus exact, cinq minutes de conversation suffirent pour qu'ils tendent leur traquenard. Je veux croire aujourd'hui encore qu'Angélica d'Alquézar n'était qu'une petite fille manipulée par ses aînés. Mais je ne peux en être sûr, même après l'avoir connue comme je le fis par la suite. Jusqu'à sa mort, je pressentis toujours en elle quelque chose qui ne s'apprend de personne : une méchanceté froide et réfléchie qui, chez certaines femmes, est là depuis l'enfance. Et peut-être même avant. Savoir qui furent les véritables responsables de ce qui allait suivre est une autre question qui nous mènerait trop loin. Ce n'est ni le lieu ni le moment de nous pencher sur elle. Pour résumer, il suffira de dire pour le moment que, de toutes les armes que Dieu et la nature ont données à la femme afin qu'elle se défende de la stupidité et de la méchanceté des hommes, Angélica d'Alquézar avait reçu plus que sa part.

L'après-midi du lendemain, alors que nous étions en route pour le théâtre du Prince, le souvenir que j'avais gardé d'elle, derrière la portière du carrosse noir, en bas du parvis de San Felipe, me mettait encore mal à l'aise, comme lorsqu'on écoute une pièce de musique dont l'exécution apparemment parfaite laisse percer tout à coup une note ou un mouvement mal assurés, quelque chose de faux. Je m'étais contenté de m'approcher et d'échanger quelques mots avec elle, fasciné par ses boucles blondes et son sourire énigmatique. Sans descendre de voiture, alors que la duègne était à faire des emplettes et que le cocher était occupé à ses mules, me laissant libre de m'approcher – chose qui aurait dû me mettre la puce à l'oreille –, Angélica d'Alquézar m'avait encore remercié d'avoir mis en fuite les vauriens de la rue de Tolède. Me demandant si j'étais content de mon maître, le capitaine Batiste ou Triste, elle avait bien voulu s'intéresser à ma vie et à mes projets. Je fus un peu vantard, je le confesse. Ces yeux très bleus et grands ouverts, qui lui donnaient l'air d'écouter avec étonnement, m'encouragèrent à en dire plus qu'il n'était nécessaire. Je parlai de Lope de Vega, dont je venais de faire la connaissance sur le parvis, comme s'il était un ami de longue date. Et j'ajoutai que le capitaine et moi nous nous proposions d'assister à la représentation de *L'Arenal de Séville* qui devait avoir lieu le lendemain au théâtre du Prince. Nous bavardâmes un peu, je lui demandai son nom et, après un délicieux moment d'hésitation qu'elle passa à caresser ses lèvres avec un minuscule éventail, elle me le dit. « Angélica vient du mot ange », répondis-je, radieux. Elle me regarda en silence, amusée, si longtemps que je me crus transporté aux portes du paradis. Puis la duègne revint, le cocher se retourna vers moi, le carrosse s'éloigna et je restai immobile au milieu de tous ces gens qui allaient et venaient, avec la sensation d'avoir été arraché d'un coup à quelque lieu merveilleux. Mais la nuit, ne trouvant point le sommeil tant je pensais à elle, et le lendemain, en route vers le théâtre, quelques étranges détails me revinrent en mémoire. Aucune jeune fille de bonne famille n'aurait été autorisée à parler à un garçon inconnu en pleine rue. J'eus alors la sensation de frôler un danger mystérieux. Et j'en vins à me demander si tout cela n'était pas lié aux événements tumultueux des journées précédentes. Mais imaginer que cet ange blond pût avoir quelque chose en commun avec les coquins de la Porte des Ames me parut insensé. D'autre part, la perspective d'assister à la comédie de Lope de Vega m'obscurcissait le jugement. Comme disent les Turcs, c'est ainsi que Dieu aveugle ceux qu'Il veut perdre.

Du monarque jusqu'au dernier des roturiers, l'Espagne de Philippe IV aima le théâtre avec passion. Les comédies, toujours en vers, se déroulaient en trois journées ou actes. Les auteurs consacrés, comme nous l'avons vu à propos de Lope de Vega, étaient aimés et respectés, la popularité des comédiens et des comédiennes immense. Chaque première ou reprise d'une œuvre d'un auteur célèbre faisait accourir le peuple comme la cour. Et chacun retenait son souffle, admiratif, pendant les trois heures ou presque que durait le spectacle. En ce temps-là, les représentations se donnaient à la lumière du jour, l'après-midi, après le déjeuner, dans des théâtres en plein air. Il y en avait deux à Madrid : celui du Prince, aussi appelé La Pacheca, et le théâtre de la Croix. Lope de Vega aimait à donner la primeur de ses œuvres dans ce dernier qui avait également la faveur du roi, grand amateur de théâtre comme son épouse, Doña Isabelle de Bourbon. Et la passion de notre monarque, enclin aux élans de la jeunesse, s'étendait aussi, clandestinement, aux plus belles comédiennes du moment, parmi lesquelles María Calderón, dite La Calderona, qui lui donna un fils, le deuxième Don Juan d'Autriche.

On donnait ce jour-là au théâtre du Prince une célèbre comédie de Lope de Vega, *L'Arenal de Séville.* L'attente du public était grande. Très tôt le matin, les gens avaient commencé à arriver en groupes animés et, dès midi, on se pressait dans l'étroite rue où se trouvait l'entrée du théâtre, voisin du couvent de Santa Ana. Juan Vicuña et le licencié Calzas, eux aussi grands admirateurs de Lope de Vega, nous avaient rejoints en cours de route. Don Francisco de Quevedo vint grossir notre petit groupe devant l'entrée. Il nous fallut jouer des coudes tant il y avait de monde. La ville et la cour étaient là : depuis les gens de qualité dans les loges qui donnaient sur la scène, à demi fermées par des jalousies, jusqu'aux simples spectateurs qui occupaient les gradins latéraux et le parterre, assis sur des bancs de bois. Au théâtre comme à l'église, les femmes étaient séparées des hommes. Quant à l'espace libre qui s'étendait derrière, il était réservé à ceux qui suivaient les représentations debout : ces fameux mousquetaires placés sous la direction du savetier Tabarca qui nous salua, grave et solennel, imbu de l'importance de son rôle. A deux heures, la rue et les entrées du théâtre du Prince fourmillaient de commerçants, d'artisans, de pages, d'étudiants, de prêtres, d'écrivains publics, de soldats, de valets, d'écuyers et de coquins qui, pour l'occasion, portaient la cape, épée et dague à la ceinture, se donnant du « monsieur » mais prêts à en venir aux mains pour s'assurer une place. A cette atmosphère aussi tapageuse que fascinante venaient s'ajouter les femmes qui prenaient place dans un grand tourbillon de robes, de mantes et d'éventails, dévisagées par tous les galants qui se tortillaient les moustaches dans les loges et au parterre. Elles aussi s'empoignaient pour s'assurer d'une place assise et plus d'une fois les autorités durent intervenir pour ramener un peu d'ordre. Bref, ce n'était qu'altercations entre ceux qui cherchaient un banc ou essayaient d'entrer sans payer, entre ceux qui avaient loué un siège et ceux qui le leur disputaient. Pour un oui ou pour un non, on mettait la main à l'épée. Un alcalde entouré d'une escouade d'alguazils tentait à grand-peine de calmer les esprits. Les nobles eux-mêmes y allaient parfois de leurs chamailleries : les ducs de Feria et de Rioseco, jaloux des faveurs d'une comédienne, s'étaient un jour étripés en plein milieu d'une comédie, prétendument pour une question de places. Le licencié Luis Quiñones de Benavente, un Tolédan timide et fort bon garçon que nous connûmes, le capitaine Alatriste et moi, a décrit dans une de ses satires cette atmosphère enfiévrée dans laquelle les coups de lame n'étaient point rares :

Devant les portes et sur leur pas,
on croise le fer et on se bat,
à coups de dague à coups d'épée
pour se faufiler sans payer.

Singulier caractère que le nôtre. Comme quelqu'un allait l'écrire plus tard, au motif de la faim, de l'ambition, de la haine, de la luxure, de l'honneur ou du patriotisme, on a toujours affronté le danger, on s'est battu, on a défié l'autorité, on a menacé la vie ou la liberté d'autrui. Mais empoigner une dague et se hacher menu pour assister à une représentation de théâtre, on ne l'a jamais vu que dans cette Espagne des Autrichiens, celle que je connus du temps de ma jeunesse, pour le meilleur et plus souvent pour le pire : l'Espagne des prouesses quichottesques et stériles, qui mesura toujours sa raison et son droit à la pointe orgueilleuse d'une épée.

Nous arrivâmes donc à la porte du théâtre après nous être faufilés entre les groupes de gens et les mendiants qui se pressaient pour demander l'aumône. Naturellement, la moitié étaient de faux aveugles, de faux boiteux, de faux manchots et de faux infirmes, de prétendus hidalgos victimes de la malchance qui mendiaient non par nécessité, mais par accident. Il fallait même s'excuser d'un courtois « Veuillez me pardonner, je n'ai point ma bourse sur moi » si vous ne vouliez pas vous faire apostropher vilainement. C'est que les peuples sont différents, même dans la façon de quémander : les Teutons chantent en groupe, les Français vous adressent prières jaculatoires et serviles, les Portugais se lamentent, les Italiens récitent par le menu leurs maux et leurs misères, les Espagnols sont arrogants et vous menacent, pleins d'outrecuidance et d'insolence.

Nous payâmes un *cuarto* à la première porte, trois à la seconde pour les œuvres des hôpitaux et vingt maravédis pour obtenir des places assises. Naturellement, celles qui nous furent attribuées étaient déjà occupées mais, ne voulant pas se prendre de querelle devant moi, le capitaine, Don Francisco et les autres décidèrent de rester au fond, avec les mousquetaires. Je regardais autour de moi, les yeux écarquillés, fasciné par la foule, les vendeurs de boissons et de friandises, le bruit des conversations, le tourbillon des vertugadins, des robes et des basquines dans le parterre des femmes, les silhouettes des gens de qualité que l'on devinait dans les loges. On disait que le roi en personne assistait incognito aux représentations qui étaient de son agrément. Et la présence ce jour-là de plusieurs membres de la garde royale sur les escaliers, sans uniforme mais apparemment de service, indiquait peut-être qu'il était là. Nous regardions, espérant entrevoir notre jeune monarque ou la reine, mais nous ne reconnûmes ni l'un ni l'autre dans ces visages aristocratiques qui, de temps en temps, se laissaient voir derrière les jalousies. Nous vîmes en revanche le grand Lope de Vega que le public acclama quand il fit son apparition. Nous aperçûmes aussi le comte de Guadalmedina, accompagné d'amis et de quelques dames. Il répondit par un sourire courtois au salut que le capitaine Alatriste lui adressa du parterre en touchant le bord de son chapeau.

Des amis ayant invité Don Francisco de Quevedo à s'asseoir avec eux, il les rejoignit après s'être excusé auprès de nous. Juan Vicuña et le licencié Calzas se tenaient un peu à l'écart, conversant sur la pièce que nous allions voir et que Calzas avait beaucoup appréciée des années plus tôt, lors de la première représentation. A côté de moi, le capitaine me faisait de la place pour que je pusse rester au premier rang des mousquetaires, derrière la rambarde du parterre. Il avait acheté des gaufres et des oublies que j'avalai avec délices, tandis que sa main reposait sur mon épaule pour que les mouvements de la foule ne m'emportent pas trop loin. Tout à coup, je la sentis se raidir, puis se retirer lentement pour se poser sur le pommeau de son épée.

Suivant la direction de son regard qui s'était durci, je découvris dans la foule les deux hommes qui, la veille, avaient tourné autour de nous sur le parvis de San Felipe. Ils s'étaient mêlés aux mousquetaires et il me sembla les voir échanger un signe de connivence avec deux autres hommes qui venaient d'entrer par une porte voisine et s'avançaient vers eux. Chapeau enfoncé sur la tête, cape jetée sur l'épaule, moustaches retroussées, barbiche en pointe, quelques balafres sur le visage, bien campés sur leurs pieds, le regard perfide, ils étaient à n'en pas douter des sicaires que l'on paye tant le coup d'épée. Le théâtre en était rempli, bien entendu. Mais ces quatre individus semblaient s'intéresser singulièrement à nous.

On entendit frapper les coups qui annonçaient le début du spectacle, les mousquetaires crièrent « Chapeaux ! », tout le monde se découvrit, le rideau s'ouvrit et, oubliant les quatre sbires, mon attention fut aussitôt captivée par ce qui se passait sur la scène où apparaissaient déjà Doña Laura et Urbana. Devant la toile de fond, un petit décor de carton peint représentait la Tour de l'Or, à Séville.

– Fameux est l'Arenal.
– Ne le serait-il plus ?
– Ah, jamais il n'y eut
au monde vue égale.

Aujourd'hui, je m'émeus encore au souvenir de ces vers, les premiers que j'entendis jamais prononcer sur la scène d'un théâtre, d'autant plus que la comédienne qui incarnait Doña Laura, la très belle María de Castro, allait tenir plus tard une certaine place dans la vie du capitaine Alatriste et dans la mienne. Mais ce jour-là, au théâtre du Prince, elle n'était que la belle Laura dans le port de Séville, accompagnée de sa tante Urbana, Séville où les galères s'apprêtaient à appareiller et où se trouvaient par hasard Don Lope et Toledo, son domestique.

Il faut bien abréger,
puisqu'ils veulent partir.
C'est victoire que fuir
l'appât de la beauté !

Tout disparut autour de moi, suspendu que j'étais aux paroles qui sortaient de la bouche des acteurs. Bien entendu, quelques minutes plus tard, j'étais moi aussi à Séville, follement amoureux de Laura. J'enviais la vaillance des capitaines Fajardo et Castellanos et je rêvais de ferrailler avec les alguazils et les argousins avant de m'embarquer dans l'Armada du roi, disant, comme Don Lope de Vega :

J'ai dû tirer l'épée.
C'est pour un gentilhomme
il est vrai ; c'est en somme
le dégoût honorer,
si l'on a quelque estime.

Car affronter, même un dément,
un absent, qui effrontément
vous offense, je vous l'affirme,
c'est s'estimer homme de frime.

Sur ce, un spectateur qui se trouvait à côté de nous se pencha vers le capitaine pour lui dire de se taire, alors que celui-ci n'avait pas dit un mot. Je me retournai, surpris, et je vis le capitaine regarder avec attention l'homme qui l'avait pris à parti : un individu à la mine plutôt patibulaire, cape pliée en quatre sur l'épaule, la main sur la poignée de son épée. La représentation continuait et je me retournai vers la scène. Diego Alatriste se tenait parfaitement coi, mais l'homme à la cape revint à la charge, le regardant d'un air fort peu amène, grommelant à voix basse que certains ne respectaient pas le théâtre et empêchaient les autres d'écouter. Je sentis alors la main du capitaine, qu'il avait reposée sur mon épaule, me pousser doucement. Puis je vis qu'il écartait sa cape pour dégager la poignée de la dague pendue à sa ceinture. Sur ces entrefaites, le premier acte prit fin et l'assistance se mit à applaudir. Alatriste et notre voisin se regardèrent dans les yeux, sans un mot, et les choses en restèrent là. Un peu plus loin, les quatre individus nous observaient, deux de chaque côté.

Pendant le ballet de l'entracte, le capitaine chercha des yeux Vicuña et le licencié Calzas. Il me confia à eux, prétextant que je verrais mieux le deuxième acte d'où ils étaient. Au même instant, des applaudissements retentirent et les gens se tournèrent tous vers l'une des loges où le public avait reconnu le roi qui était entré discrètement au début du premier acte. Je vis alors pour la première fois son visage pâle, ses cheveux blonds ondulés sur le front et les tempes, et cette bouche charnue, héritée des Habsbourg, que ne soulignait pas encore la moustache qu'il porterait plus tard. Notre monarque était vêtu de velours noir, avec une collerette empesée et de sobres boutons d'argent, se conformant lui-même à l'édit d'austérité qu'il venait de signer afin de restreindre le luxe de la cour. Dans sa main pâle et fine aux veines bleutées, il tenait négligemment un gant de peau qu'il portait de temps en temps à sa bouche pour dissimuler un sourire ou adresser quelques mots à ceux qui l'entouraient, parmi lesquels l'assistance enthousiaste avait reconnu, à côté de plusieurs gentilshommes espagnols, le prince de Galles et le duc de Buckingham que Sa Majesté avait bien voulu, tout en gardant officiellement l'incognito – tous étaient couverts, comme si le roi n'était pas là –, inviter au spectacle. La sobriété grave des Espagnols contrastait avec les plumes, les rubans, les ganses et les bijoux des deux Anglais, dont la bonne mine et la jeunesse enchantèrent les spectateurs. Entre deux coups d'éventail, les compliments fusaient dans le parterre des femmes, accompagnés d'œillades dévastatrices.

Le deuxième acte commença et je le suivis avec autant d'attention que le premier, buvant les moindres gestes et paroles des comédiens. Au moment où le capitaine Fajardo récitait sa tirade :

« Cousine », dites-vous. Ne sais
si cette cousine vous chante ;
car cette chanterelle n'est
que corde fausse et tangente.

L'homme à la cape pliée en quatre interpella une fois encore Diego Alatriste. Deux de ses comparses qui s'étaient rapprochés durant l'entracte vinrent le rejoindre. Le capitaine connaissait bien ce manège pour l'avoir pratiqué plusieurs fois. L'affaire était claire comme de l'eau de roche, d'autant plus que les deux autres coupe-jarrets s'avançaient eux aussi à travers la foule. Le capitaine regarda autour de lui. Détail significatif : on ne voyait nulle part l'alcalde et les alguazils chargés de maintenir l'ordre durant les représentations. Le licencié Calzas ne maniait pas les armes et Juan Vicuña, déjà dans la cinquantaine, n'était guère habile de son unique main. Quant à Don Francisco de Quevedo, il se trouvait assis deux rangées plus loin, captivé par le spectacle, ignorant tout de ce qui se tramait derrière lui.

Le pire était que l'auditoire, encouragé par les apostrophes des provocateurs, commençait à regarder de travers le capitaine, comme s'il dérangeait vraiment la représentation. Ce qui allait suivre était donc aussi sûr que deux et deux font quatre. Mais dans le cas qui nous occupe, trois plus deux faisaient cinq. Et cinq contre un, c'était trop, même pour le capitaine.

Diego Alatriste tenta de gagner la porte la plus proche. Contraint à se battre, il serait plus à son aise dans la rue qu'au beau milieu de cette foule où l'on ne tarderait guère à le percer comme un crible. Et puis, il y avait aussi deux églises toutes proches où il pourrait trouver asile si d'aventure la justice se mettait elle aussi de la partie. Mais les autres lui barraient la route et l'affaire semblait vouloir tourner au vinaigre. Le second acte prit fin sous les applaudissements. Les provocations des sicaires redoublèrent et la populace commença à y faire écho. On échangea des mots, le ton monta. Finalement, entre deux insultes, quelqu'un prononça le mot de « maraud ». Diego Alatriste prit une profonde respiration. Le sort l'avait voulu. Résigné, il posa la main sur son épée et dégaina.

Au moins, se dit-il alors, deux de ces fils à putain allaient l'accompagner en enfer. Puis, sans même se mettre en garde, il donna un coup horizontal sur la droite pour éloigner les fripouilles qui le serraient de plus près et, de l'autre main, s'empara de sa dague biscayenne. Ce fut l'émoi dans le public qui s'écarta tandis que les femmes se mettaient à crier et que les occupants des loges se penchaient pour mieux voir. Comme nous l'avons déjà dit, il n'y avait rien d'étrange à l'époque à ce que le spectacle se déplaçât de la scène au parterre et tous se préparaient à jouir de l'aubaine : en un instant, on fit cercle autour des adversaires. Le capitaine, sûr qu'il ne pourrait résister bien longtemps face à cinq hommes armés et connaissant leur métier, décida de ne pas donner dans les finesses de l'escrime et, au lieu de chercher à sauver sa peau, s'employa de son mieux à trouer celle de ses ennemis. Il donna un coup à l'homme à la cape pliée en quatre, sans grand résultat, puis, sans s'arrêter à voir l'effet de sa première attaque, se pencha pour frapper aux jambes un deuxième agresseur avec sa biscayenne. Puisque nous parlons arithmétique, cinq épées et cinq dagues faisaient dix lames d'acier qui fendaient l'air. Les coups pleuvaient comme la grêle. L'un d'eux passa si près qu'il taillada une manche du pourpoint du capitaine. Un autre lui aurait traversé le corps s'il ne s'était pas pris dans sa cape. Frappant à gauche et à droite, croisant le fer avec l'un, donnant de la biscayenne à l'autre, il fit reculer deux de ses adversaires. Puis il sentit le fil coupant et froid d'une lame. Le sang se mit à couler entre ses sourcils. Il était blessé à la tête. Tu es foutu et bien foutu, mon vieux Diego, se dit-il dans un dernier moment de lucidité. Il est vrai qu'il était épuisé. Ses bras lui pesaient comme du plomb et le sang l'aveuglait. Il leva la main gauche, celle qui tenait la dague, pour s'essuyer les yeux, et c'est alors qu'il vit une épée pointée vers sa gorge. Mais tout à coup retentit la voix tonitruante de Don Francisco de Quevedo : « Alatriste ! A moi ! A moi ! » Le poète avait enjambé les bancs et la rambarde du parterre. L'épée au clair, il fit dévier le coup.

– Cinq contre deux, la partie est plus égale ! s'exclama le poète, flamberge au vent, puis il salua le capitaine d'une joyeuse inclinaison de la tête. Puisqu'il faut nous battre, battons-nous !

Et de fait il se battait comme un démon, sans que sa boiterie le gênât le moins du monde. Sans doute songeait-il au dizain qu'il allait composer s'il sortait indemne de cette échauffourée. Ses bésicles avaient glissé et se balançaient sur sa poitrine au bout de leur cordon, à côté de la croix rouge de Saint-Jacques. Il attaquait, féroce, en sueur, avec toute la hargne qu'il réservait habituellement à ses vers mais que, dans des occasions comme celle-ci, il savait aussi distiller à la pointe de son épée. La fougue de sa charge inattendue retint les agresseurs. Don Francisco parvint même à en blesser un d'un bon coup qui traversa le baudrier jusqu'à l'épaule.

Les assaillants se regroupèrent et ce fut à nouveau une pluie de coups d'épée. Les comédiens eux-mêmes étaient ressortis sur la scène pour contempler le spectacle.

Ce qui arriva ensuite appartient à l'Histoire. Les témoins racontent que, dans la loge royale, Sa Majesté, le prince de Galles, Buckingham et leur suite de gentilshommes regardaient la bagarre avec un intérêt extrême et des sentiments divers. Notre monarque, comme c'est bien naturel, n'appréciait guère qu'on troublât ainsi l'ordre public en son auguste présence, même si celle-ci n'était pas officielle. Mais, jeune et l'esprit chevaleresque, il n'était point trop fâché que ses hôtes assistassent à une démonstration spontanée de la bravoure de ses sujets, qu'ils avaient eu d'ailleurs maintes occasions d'affronter sur les champs de bataille. Ce qui est sûr, c'est que l'homme qui se battait seul contre cinq le faisait avec un courage inouï, avec la force du désespoir, s'attachant en quelques coups d'épée la faveur du public, arrachant des cris d'angoisse aux femmes quand elles le voyaient cerné de trop près. A ce qu'on raconte, le roi hésita entre le protocole et son goût pour les armes. Il tarda quelque peu à ordonner au chef de sa garde, en habit ordinaire, d'aller rétablir l'ordre. Au moment où il allait enfin ouvrir la bouche pour manifester sa volonté royale et sans appel, tout le monde vit avec admiration Don Francisco de Quevedo, si connu à la cour, se précipiter à la rescousse avec sa fougue habituelle.

Mais le véritable coup de théâtre fut tout autre. Le poète avait crié le nom d'Alatriste en entrant en lice, et le roi, qui allait de surprise en surprise, vit Charles d'Angleterre et le duc de Buckingham échanger un regard.

– *Alatruiste !* s'exclama le prince de Galles de sa voix juvénile.

Après s'être incliné un instant par-dessus la balustrade, il regarda avec avidité la scène qui se déroulait en bas, puis se retourna vers Buckingham, et ensuite vers le roi. Depuis qu'il était à Madrid, il avait eu le temps d'apprendre quelques mots d'espagnol, et c'est en ces termes qu'il s'adressa à notre monarque :

– *Exciousez-moi, sire... J'ai ioune dette avec ce homme... A lui je dois ma vie.*

Aussitôt, flegmatique et serein autant que s'il avait été dans un salon du palais de Saint-James, il ôta son chapeau, enfila ses gants et, cherchant son épée, regarda Buckingham avec un parfait sang-froid.

– Steenie, dit-il simplement.

Puis, l'épée à la main, sans plus attendre, il descendit l'escalier, suivi de Buckingham qui dégainait à son tour. Abasourdi, le roi ne sut s'il devait les retenir ou continuer à regarder le spectacle. Lorsqu'il retrouva la contenance qu'il avait été sur le point de perdre, les deux Anglais étaient déjà en train de ferrailler avec les cinq hommes qui encerclaient Francisco de Quevedo et Diego Alatriste. Le combat fut de ceux qui font époque. Toute l'assistance, du parterre jusqu'à la galerie, aux loges et au paradis, éclata aussitôt en applaudissements et en cris d'enthousiasme. Le roi réagit enfin et, debout, se retourna vers ses gentilshommes, leur ordonnant de faire cesser immédiatement cette folie. Un de ses gants tomba à terre. Chez un homme dont les possessions s'étendaient aux deux mondes et qui en quarante ans de règne ne haussa jamais un sourcil en public, c'est dire à quel point il avait bien failli perdre les étriers dans une loge du théâtre du Prince.

XI

LE SCEAU ET LA LETTRE

C'était l'heure de la relève. Par la fenêtre qui donnait sur l'une des grandes cours de l'Alcázar, Diego Alatriste pouvait entendre les cris des gardes espagnols, bourguignons et allemands. Un seul tapis recouvrait le plancher, sous une énorme table de bois foncé, jonchée de papiers, de dossiers et de livres, aussi massive que l'homme qui se trouvait derrière elle et qui lisait des lettres et des dépêches avec méthode, l'une après l'autre, les annotant de temps à autre avec une plume d'oie qu'il trempait dans un encrier en faïence de Talavera. Il écrivait vite, comme si les idées coulaient toutes seules sur le papier, avec autant de facilité que l'encre. Il travaillait ainsi depuis longtemps, sans relever la tête, pas même lorsque le lieutenant d'alguazils Martín Saldaña, accompagné d'un sergent et de deux soldats de la garde royale, avait conduit devant lui Diego Alatriste par des corridors secrets, puis s'était retiré. Imperturbable, il continuait sa tâche et le capitaine eut tout loisir de bien l'examiner. Corpulent, une grosse tête, le visage rubicond, les cheveux noirs et drus qui lui retombaient sur les oreilles, une barbe noire et fournie, d'énormes moustaches retroussées en pointe sur les joues. Il était vêtu d'un habit de soie bleu foncé, rehaussé de galons noirs, de souliers et de bas noirs eux aussi. Seule la croix rouge de l'ordre de Calatrava, une collerette blanche et une fine chaîne d'or faisaient contraste avec son habillement très sobre.

Gaspar de Guzmán, troisième comte d'Olivares, n'allait être élevé au rang de duc que deux ans plus tard, mais il y en avait déjà deux qu'il avait la faveur du roi. Grand d'Espagne, son pouvoir, à l'âge de trente-cinq ans, était immense. Le jeune monarque, porté aux fêtes et à la chasse plus qu'aux affaires du gouvernement, était un instrument aveugle entre ses mains, et ceux qui auraient pu lui porter ombrage s'étaient soumis ou étaient morts. Ses anciens protecteurs, le duc d'Uceda et le père Luis d'Aliaga, favoris du roi précédent, étaient en exil. Le duc d'Osuna était tombé en disgrâce et avait vu ses biens confisqués. Le duc de Lerma avait échappé à l'échafaud grâce à son chapeau de cardinal – « vêtu de pourpre pour ne pas être pendu », récitait-on à l'époque –, et Rodrigo Calderón, l'un des piliers du régime antérieur, avait été exécuté sur la place publique. Personne ne gênait plus cet homme intelligent, cultivé, patriote et ambitieux dans sa volonté de tenir dans sa poigne les principaux ressorts de l'empire le plus vaste qui existât alors sur terre.

Il n'est pas difficile d'imaginer les sentiments qui agitaient Diego Alatriste devant le tout-puissant favori, dans cette grande pièce qui, hormis le tapis et la table, n'était décorée que d'un portrait du défunt roi Philippe II, grand-père du monarque actuel, accroché au-dessus d'une grande cheminée dans laquelle aucun feu ne brûlait. Alatriste avait reconnu en lui, sans trop d'effort, le plus grand et le plus fort des deux hommes masqués qu'il avait rencontrés lors de cette première nuit dans la maison de la Porte de Santa Barbara. Celui-là même que l'homme à la tête ronde avait appelé « Excellence » avant qu'il ne sortît en exigeant qu'on ne fît pas trop couler de sang dans l'affaire des Anglais.

Pourvu, se dit le capitaine, qu'on ne me réserve pas le supplice du garrot. Il n'aimait pas non plus l'idée de se balancer au bout d'une corde, mais c'était quand même mieux que l'ignoble tourniquet qui broyait la gorge, défigurant les suppliciés, pendant que le bourreau disait : « Pardonnez-moi, mais j'ai mes ordres. » Que la colère divine foudroie le bourreau et les fils à putain qui le commandaient, d'ailleurs toujours les mêmes. Sans compter le passage obligé par le supplice du frontal et du brasero devant juge, rapporteur et greffier pour obtenir une confession en règle avant d'être envoyé tout désarticulé au diable. Mais Diego Alatriste n'étant pas homme à chanter sur commande, son tourment allait être long et pénible. Si on lui avait permis de choisir, il aurait préféré finir ses jours le fer à la main, comme un brave : vive l'Espagne et le reste, et puis un petit tour au ciel, avec les anges autant que se peut. Au bout du compte, n'était-ce pour un soldat la seule façon de passer de vie à trépas ? Mais le moment n'était pas venu de faire la fine bouche. C'était ce que lui avait dit à voix basse un Martín Saldaña soucieux, quand il était allé le réveiller tôt le matin à la prison pour le conduire à l'Alcázar :

– Cette fois, je pense que tu es dans le pétrin, Diego.

– J'ai déjà connu pire.

– Non, crois-moi. Ce n'est pas avec une épée qu'on peut se débarrasser de celui qui veut te voir.

De toute façon, Alatriste n'avait plus aucune arme. On lui avait même enlevé le couteau de boucher qu'il cachait dans sa botte quand on l'avait appréhendé après l'échauffourée du théâtre où l'intervention des Anglais lui avait au moins valu de ne pas se faire tuer sur-le-champ.

– *Quittes nous sommes*, avait dit Charles d'Angleterre quand la garde était arrivée pour séparer les combattants ou protéger le prince, ce qui revenait au même.

Remettant son épée dans son fourreau, Charles avait tourné le dos, comme s'il ne s'intéressait plus à l'affaire, sous les applaudissements d'un public ravi. On avait laissé partir Don Francisco de Quevedo sur ordre personnel du roi qui, selon toute apparence, avait apprécié son dernier sonnet. Quant aux cinq spadassins, deux s'étaient enfuis, profitant du désordre, le troisième était grièvement blessé et les deux derniers avaient été appréhendés avec Alatriste et jetés dans un cachot voisin du sien. Mais quand le capitaine était sorti de sa cellule au matin, en compagnie de Saldaña, leur cachot était vide.

Le comte d'Olivares était toujours absorbé dans son courrier et le capitaine regarda sombrement la fenêtre qui lui épargnerait peut-être le bourreau, abrégeant ainsi la procédure, même si une chute de trente pieds sur les dalles de la cour n'était pas grand-chose. Il risquait d'en sortir vivant et qu'on le hisse sur le chevalet, puis qu'on le pende par ses jambes brisées, spectacle qui n'aurait rien de bien divertissant. Et ce n'était pas tout : s'il y avait finalement Quelqu'un dans l'au-delà, l'histoire de la fenêtre pourrait lui coûter fort cher, le temps d'une éternité, possibilité qui, pour hypothétique qu'elle fût, n'en était pas moins inquiétante. S'il fallait donc sonner la retraite, mieux valait le faire muni des sacrements et par une main étrangère, au cas où... En fin de compte, se dit-il pour se consoler, l'agonie a beau être longue et douloureuse, la mort finit toujours par survenir. Et avec elle, le repos.

Il en était là de ses allègres pensées quand il se rendit compte que le favori du roi ne s'occupait plus de son courrier et qu'il le regardait. Ces yeux noirs et vifs semblaient l'étudier. Alatriste, dont le pourpoint et les chausses portaient les traces d'une nuit passée au cachot, regretta fort de ne pouvoir faire meilleure mine. Des joues rasées de frais lui auraient donné plus belle apparence. Et il n'aurait pas refusé non plus un bandage propre sur la plaie qu'il avait au front, ainsi qu'un peu d'eau claire pour laver le sang dont son visage était couvert.

– M'avez-vous déjà vu quelque part ?

La question d'Olivares prit le capitaine au dépourvu. Un sixième sens, semblable à celui qui s'éveille au bruit d'une lame d'acier sur une pierre à aiguiser, lui recommanda de faire preuve de la plus extrême prudence.

– Non. Jamais.

– Jamais ?

– C'est ce que j'ai eu l'honneur de répondre à Votre Excellence.

– Pas même dans la rue ou dans un lieu public ?

– Eh bien – le capitaine lissa sa moustache comme s'il faisait un effort pour se souvenir. Peut-être dans la rue… Je veux parler de la Plaza Mayor, du Prado, de la chaussée de Saint-Jérôme, d'autres endroits semblables – il hocha la tête, simulant une franchise sans faille… C'est bien possible.

Olivares soutenait son regard, impassible.

– Pas ailleurs ?

– Non, que je sache.

Le temps d'un éclair, le capitaine crut discerner un sourire dans la barbe féroce du conseiller. Mais il n'en fut jamais sûr. Olivares avait pris un des dossiers posés sur la table et le feuilletait distraitement.

– Vous avez servi en Flandre et à Naples, à ce que je vois. Puis contre les Turcs du Levant et de Barbarie… Une longue vie de soldat.

– Depuis que j'ai treize ans, Excellence.

– Votre titre de capitaine est un surnom, je suppose.

– Pour ainsi dire. Je n'ai jamais été autre chose que sergent et j'ai même perdu ce grade à la suite d'une altercation.

– Oui, c'est ce que je vois ici – le ministre continuait à tourner les pages. Vous vous êtes battu avec un porte-enseigne et vous l'avez blessé… Je m'étonne qu'on ne vous ait pas envoyé au gibet.

– On allait le faire, Excellence. Mais ce jour-là, nos troupes se sont mutinées à Maastricht. Il y avait cinq mois que les soldats ne touchaient plus leur solde. Je ne me suis pas joint à eux et j'ai eu la chance de pouvoir défendre notre mestre de camp, Don Miguel de Orduña.

– Vous n'appréciez pas les mutineries ?

– Je n'aime pas qu'on assassine les officiers.

Le conseiller eut un froncement de sourcils.

– Même pas ceux qui veulent vous faire pendre ?

– Ce sont deux choses différentes.

– Pour défendre votre mestre de camp, vous avez expédié deux ou trois soldats de votre propre main, dit-on ici.

– C'était des Allemands, Excellence. Et puis le mestre de camp m'a dit : « Par tous les diables, Alatriste, si les mutins doivent me tuer, au moins que ce soient des Espagnols. » J'ai trouvé qu'il avait raison, je suis intervenu et j'ai obtenu ma grâce.

Olivares écoutait attentivement. De temps en temps, il jetait un coup d'œil aux papiers étalés devant lui, puis regardait Diego Alatriste avec intérêt, le regard songeur.

– Je vois, dit-il. J'ai également ici une lettre de recommandation du vieux comte de Guadalmedina et un bénéfice signé de la main de Don Ambrosio de Spínola, vous accordant huit écus de rente pour vos valeureux services face à l'ennemi... L'avez-vous reçue ?

– Non, Excellence. Les généraux disent une chose et les secrétaires, administrateurs et greffiers en font une autre... Quand j'ai réclamé mon dû, on m'a réduit mon bénéfice de moitié et je n'en ai pas encore vu la couleur.

Le ministre hocha gravement la tête, comme s'il lui arrivait à lui aussi d'être privé de son dû. Ou peut-être voulait-il simplement approuver l'âpreté des secrétaires, administrateurs et greffiers quand il s'agissait des deniers publics. Alatriste le regardait consulter le dossier avec une minutie de fonctionnaire.

– Licencié après Fleurus pour blessure grave et honorable... continua Olivares qui maintenant regardait la plaie sur le front du capitaine. Vous avez une certaine propension à vous faire blesser, à ce que je vois.

– Et à blesser, Excellence.

Diego Alatriste s'était légèrement redressé et tordait sa moustache. Il ne prisait guère que quelqu'un, fût-ce celui qui avait le pouvoir de le faire exécuter sur-le-champ, prît ses blessures à la légère. Olivares étudia avec curiosité la lueur d'insolence qui s'était allumée dans ses yeux, puis retourna à son dossier.

– C'est ce qu'il semble, conclut-il. Quoique vos

aventures loin des drapeaux paraissent moins exemplaires que dans la vie militaire... Je vois ici une bagarre à Naples, avec mort d'homme... Ah ! Et aussi un acte d'insubordination durant la répression des rebelles maures à Valence – le conseiller fronça le sourcil... Peut-être le décret d'expulsion signé par Sa Majesté n'était-il pas de votre goût ?

Le capitaine ne répondit pas tout de suite.

– J'étais un soldat, dit-il finalement. Pas un boucher.

– Je vous imaginais meilleur serviteur de votre roi.

– Je le suis. Et je l'ai même servi mieux que Dieu dont j'ai enfreint les dix commandements, alors que de mon roi, aucun.

Le favori haussa un sourcil.

– J'ai toujours cru que la campagne de Valence avait été glorieuse...

– Votre Excellence sera mal informée. Il n'y a aucune gloire à piller des maisons, à forcer des femmes et à égorger des paysans sans défense.

Olivares l'écoutait, impénétrable.

– Mais ils étaient tous contre la vraie foi, rétorqua-t-il. Et ils se refusaient à abjurer celle de Mahomet.

Le capitaine haussa simplement les épaules.

– Peut-être, répondit-il. Mais cette guerre n'était pas la mienne.

– Voyez-vous ça – le ministre haussait maintenant les deux sourcils, feignant la surprise. Et assassiner pour le compte d'autrui l'est davantage ?

– Je ne tue ni les enfants ni les vieillards, Excellence.

– Je vois. Et c'est pour cette raison que vous avez quitté votre régiment pour vous enrôler sur les galères de Naples ?

– Oui. Puisqu'il fallait trucider des infidèles, j'ai préféré me battre contre les soldats turcs. Eux au moins étaient des hommes, capables de se défendre.

Olivares le regarda un moment sans rien dire. Puis il se replongea dans ses papiers. Il semblait réfléchir.

– Pourtant, vous comptez sur l'appui de gens de qualité, dit-il enfin. Le jeune Guadalmedina par exemple. Ou Don Francisco de Quevedo qui a si curieusement mis les fers au feu hier, même si Quevedo fait autant de tort que de bien à ses amis, selon ses heurs et ses malheurs – le conseiller fit une longue pause, lourde de signification – …et aussi, à ce qu'il paraît, l'éblouissant duc de Buckingham croit vous devoir quelque chose – il fit encore une autre pause, plus longue que la précédente – … et le prince de Galles.

– Je n'en sais rien – Alatriste haussa encore les épaules, impassible. Mais ces gentilshommes ont fait plus que le nécessaire hier pour payer leur dette, réelle ou supposée.

Olivares secoua lentement la tête.

– N'allez pas le croire, fit-il avec un soupir de lassitude. Ce matin même, Charles d'Angleterre a bien voulu s'intéresser encore une fois à votre sort. Jusqu'à Sa Majesté qui, encore tout étonnée de l'aventure, désire être tenue au courant… – Olivares repoussa brusquement le dossier. La situation est embarrassante. Et très délicate.

Le conseiller toisait Diego Alatriste, comme s'il se demandait ce qu'il devait faire de lui.

– Dommage, reprit-il, que ces cinq imbéciles d'hier n'aient pas mieux fait leur besogne. Celui qui les a payés avait vu juste… Vous mort, nous n'aurions pas toutes ces complications.

– Je regrette de ne pas partager votre déception, Excellence.

– A propos… – le regard du ministre était devenu dur, impénétrable. Ce qu'on raconte est-il vrai, que vous avez sauvé la vie d'un voyageur anglais il y a quelques jours, alors qu'un de vos camarades était sur le point de le tuer ?

Alerte. Aux armes, tambours et trompettes, se dit Alatriste. Mieux aurait valu une sortie nocturne des Hollandais contre le Tercio dormant à poings fermés derrière les fascines. Des conversations comme celles-ci pouvaient vous conduire droit au gibet. Et en ce moment, il n'aurait pas donné cher de sa peau.

– Que Votre Excellence me pardonne, mais je ne me souviens de rien de tel.

– Allons, cherchez mieux dans votre mémoire.

On l'avait déjà menacé bien des fois dans sa vie. Qu'il s'en tirât cette fois encore lui paraissait plus que douteux. Puisque les dés étaient jetés, le capitaine resta impassible, ce qui ne l'empêcha pas de choisir ses mots avec le plus grand soin :

– J'ignore si j'ai sauvé la vie de quelqu'un, dit-il après un instant de réflexion. Mais je me souviens que lorsque j'ai reçu mes ordres, celui qui le premier a loué mes services a dit qu'il ne voulait pas de morts.

– Ah bon… C'est ce qu'il a dit ?

– Exactement.

Les pupilles pénétrantes du conseiller visaient le capitaine comme des bouches d'arquebuses.

– Et qui était cet homme ? demanda-t-il avec une dangereuse douceur.

Alatriste ne battit même pas des paupières.

– Je l'ignore, Excellence. Il était masqué.

Olivares le regardait avec un intérêt renouvelé.

– Si tels étaient les ordres, comment votre compagnon a-t-il osé aller plus loin ?

– Je ne sais pas de quel compagnon parle Votre Excellence. De toute façon, deux personnes qui accompagnaient cet homme m'ont ensuite donné des instructions différentes.

– Deux personnes ?... – le ministre semblait fort intéressé par ce pluriel. Par le sang du Christ, j'aimerais fort connaître leurs noms. Ou leur signalement.

– Je crains que ce ne soit impossible. Votre Excellence aura déjà remarqué que la mémoire n'est pas mon point fort. Et les masques...

Olivares donna un coup sur la table, comme pour dissimuler son impatience. Mais le regard qu'il adressa à Alatriste semblait plus admiratif que menaçant. Le conseiller semblait soupeser les propos du capitaine.

– Je commence à me lasser de votre mauvaise mémoire. Et je vous préviens qu'il existe des bourreaux pour rafraîchir celle des plus malins.

– Je prie Votre Excellence de bien me regarder.

Olivares, qui n'avait cessé de fixer le capitaine, fronça brusquement les sourcils, irrité et surpris, le visage très grave. Alatriste crut qu'il allait appeler la garde pour le faire pendre sans autre forme de procès. Mais le conseiller resta immobile et silencieux en regardant le capitaine, comme celui-ci le lui avait demandé. Finalement, quelque chose qu'il dut voir dans la fermeté de son expression ou dans ses yeux clairs et froids, qui ne battirent pas une seule fois le temps de cet examen, parut le convaincre.

– Vous avez peut-être raison, dit-il. J'oserais jurer que vous faites partie de ces gens qui oublient tout. Ou qui sont muets.

Pensif, il regarda quelque temps les papiers étalés sur sa table.

– Je dois m'occuper de quelques affaires, dit-il. J'espère que vous ne verrez pas d'inconvénient à attendre encore un peu ici.

Il se leva et, s'approchant d'un cordon de sonnette qui pendait au mur, il le tira une seule fois. Puis il revint s'asseoir sans prêter davantage attention au capitaine.

L'air familier du personnage qui entra dans la pièce s'accentua quand Alatriste entendit sa voix. Parbleu, se dit-il, nous voilà donc en pays de connaissance. Il ne manquait plus que le père Emilio Bocanegra et le spadassin italien pour que les retrouvailles fussent complètes. Le nouveau venu avait la tête ronde, quelques rares cheveux clairsemés et grisonnants qui lui tombaient au-dessous des pommettes, une barbe très étroite taillée de la lèvre inférieure au menton et des moustaches peu épaisses mais frisées sur des joues aussi couperosées que son gros nez. Il était vêtu de noir et la croix de l'ordre de Calatrava qu'il portait sur la poitrine ne suffisait pas à faire oublier la vulgarité du personnage, avec sa collerette malpropre et mal empesée, ses mains tachées d'encre qui lui donnaient l'air d'un secrétaire parvenu, sa grosse bague en or au petit doigt de la main gauche. Mais ses yeux étaient intelligents et très vifs. Et son sourcil gauche, arqué plus haut que le droit, lui donnait un air critique, fourbe et même malveillant. Il parut d'abord surpris, puis froid et dédaigneux quand il découvrit Diego Alatriste.

Il s'agissait de Luis d'Alquézar, secrétaire privé de Sa Majesté Philippe IV. Et cette fois, il ne portait pas de masque.

– Pour résumer, dit Olivares, il y avait donc deux conspirations. La première visait à donner une leçon à des voyageurs anglais et à leur dérober des documents secrets. L'autre consistait simplement à les assassiner. J'avais eu quelques échos de la première, si ma mémoire est bonne… Mais la seconde me prend presque par surprise. Peut-être Votre Grâce, Don Luis, en qualité de secrétaire de Sa Majesté et d'homme à l'écoute de tous les bruits qui circulent à la cour, en a-t-elle entendu parler.

Le conseiller s'était exprimé en pesant tous ses mots, avec de longues pauses entre les phrases, sans quitter des yeux l'homme qui venait d'entrer. Celui-ci était resté debout et lançait de temps en temps des regards furtifs à Diego Alatriste. Le capitaine se tenait à l'écart, impatient de savoir comment diantre l'affaire allait se terminer. Deux loups dans la bergerie, c'était beaucoup pour une seule brebis.

Olivares attendait la suite. Luis d'Alquézar s'éclaircit la gorge.

– Je crains de ne pouvoir être bien utile à Votre Grandeur, dit-il d'une voix extrêmement prudente qui trahissait son embarras à voir Alatriste dans la pièce. Moi aussi j'avais entendu parler de la première conspiration… Pour la seconde… – il regarda le capitaine et son sourcil gauche se haussa, sinistre, comme un cimeterre turc. J'ignore ce que ce sujet a pu, hum, raconter.

Impatient, le conseiller tambourinait sur la table.

– Ce sujet n'a rien dit. Je le fais attendre ici pour une autre affaire.

Luis d'Alquézar regarda longtemps le ministre, pesant ce qu'il venait d'entendre. Quand il l'eut digéré, il se tourna vers Alatriste, puis vers Olivares.

– Mais… commença-t-il.

– Il n'y a pas de mais.

Alquézar s'éclaircit la gorge encore une fois.

– Comme Votre Grandeur me parle d'une affaire aussi délicate devant un tiers, j'ai cru…

– Vous avez eu tort.

– Pardonnez-moi – le secrétaire regardait d'un air inquiet les papiers étalés sur la table, comme s'il craignait d'y trouver quelque sujet d'alarme. Il était devenu très pâle. Mais je ne sais si je dois… devant un étranger…

Le conseiller leva une main autoritaire. Alatriste aurait juré qu'Olivares prenait plaisir à faire durer la scène.

– Vous devez.

Alquézar s'éclaircit encore la gorge, cette fois bruyamment, et avala sa salive pour la quatrième fois.

– Je suis toujours aux ordres de Votre Grandeur – son visage, d'une pâleur extrême, s'empourprait brusquement, comme s'il avait des bouffées de chaleur. Ce que je peux supposer de cette deuxième conspiration...

– Essayez de l'imaginer dans tous ses détails, je vous prie.

– Naturellement, Excellence – les yeux d'Alquézar continuaient à scruter inutilement les papiers du ministre. Son instinct de fonctionnaire le poussait sans doute à y chercher l'explication de ce qui se passait – ...je vous disais que tout ce que je peux imaginer, ou supposer, c'est que divers intérêts se sont contrecarrés. Ceux de l'Église par exemple...

– L'Église est bien vaste. Faites-vous allusion à quelqu'un en particulier ?

– Eh bien, certains disposent du pouvoir terrestre, en plus du pouvoir ecclésiastique. Et ils voient d'un mauvais œil qu'un hérétique...

– Je vois, l'interrompit le ministre. Vous faites allusion à de saints hommes, comme le père Emilio Bocanegra, par exemple.

Alatriste vit le secrétaire du roi réprimer un sursaut.

– Je n'ai pas parlé de Sa Révérence, dit Alquézar qui retrouvait son sang-froid. Mais puisque Votre Grandeur daigne le mentionner, je répondrai que oui. Je veux dire que peut-être le père Emilio est effectivement du nombre de ceux qui ne verraient pas avec plaisir une alliance avec l'Angleterre.

– Je suis surpris que vous n'ayez pas accouru me consulter si vous abritiez pareils soupçons.

Le secrétaire poussa un soupir et risqua un sourire discret. A mesure que se prolongeait la conversation et qu'il savait mieux sur quel pied danser, la ruse et l'assurance semblaient lui revenir.

– Votre Grandeur sait comment est la cour. Il n'est pas facile de survivre entre les Tyriens et les Troyens. Il faut compter avec les influences, les pressions de toutes sortes... De plus, on sait que Votre Grandeur n'est pas favorable à une alliance avec l'Angleterre... En fin de compte, il s'agissait de vous servir.

– Palsambleu, Alquézar, j'en ai fait pendre plus d'un pour semblables services – le regard d'Olivares transperça le secrétaire du roi comme un coup de mousquet – ... et j'imagine que l'or de Richelieu, des Savoie et de Venise aura eu lui aussi son mot à dire.

Le sourire complice et servile qui apparaissait déjà sous la moustache du secrétaire du roi s'effaça comme par enchantement.

– J'ignore de quoi Votre Grandeur veut parler.

– Vous l'ignorez ? Comme c'est étrange. Mes

espions m'ont confirmé la livraison d'une importante somme à un personnage de la cour, mais sans l'identifier… Tout ceci m'éclaire un peu.

Alquézar posa la main sur la croix de l'ordre de Calatrava brodée sur sa poitrine.

– J'espère que Votre Excellence ne va pas penser que je…

– Vous ? Je ne vois pas quel rôle vous pourriez jouer dans cette affaire – Olivares fit un geste las de la main, comme pour chasser une idée malencontreuse, et Alquézar esquissa un sourire, soulagé. Tout le monde sait bien que c'est moi qui vous ai nommé secrétaire privé de Sa Majesté. Vous avez ma confiance. Et même si vous avez eu un certain pouvoir ces derniers temps, je doute que vous ayez l'audace de conspirer à votre guise. Je vois juste ?

Le sourire de soulagement perdit de son assurance sur les lèvres du secrétaire.

– Naturellement, Excellence, dit-il à voix basse.

– Et moins encore, continua Olivares, quand il s'agit de questions qui font intervenir des puissances étrangères. Le père Emilio Bocanegra peut s'en tirer sans mal, car c'est un homme d'Église et il a ses appuis à la cour. Mais d'autres pourraient y perdre leur tête.

Le conseiller lança un terrible regard à Alquézar.

– Votre Grandeur sait, bégaya presque le secrétaire du roi, blanc comme un linge, que je lui suis absolument fidèle.

Le conseiller le regarda avec une ironie infinie.

– Absolument ?

– C'est ce que j'ai eu l'honneur de dire à Votre Grandeur. Fidèle et utile.

– Alors, souvenez-vous, Don Luis, que j'ai rempli les cimetières de collaborateurs absolument fidèles et utiles.

Après cette fanfaronnade qui dans sa bouche avait une note lugubre et menaçante, le comte d'Olivares prit sa plume d'un air distrait, comme s'il allait signer une sentence. Alatriste vit qu'Alquézar suivait ses mouvements avec des yeux remplis d'angoisse.

– Et puisque nous parlons de cimetières, dit tout à coup le ministre, je vous présente Diego Alatriste, plus connu sous le nom de capitaine Alatriste… Vous le connaissiez ?

– Non. Je veux dire que, hum, que je ne le connais pas.

– C'est l'avantage d'avoir affaire à des gens avisés. Personne ne connaît personne.

Olivares parut sur le point de sourire, mais il s'abstint. Puis il désigna le capitaine avec sa plume.

– Don Diego Alatriste, dit-il, est un homme droit. Il s'est comporté comme un excellent soldat, même si une blessure récente et le mauvais sort le mettent aujourd'hui dans une situation délicate. Il paraît vaillant et digne de confiance... Solide serait le mot juste. Les hommes de sa trempe ne sont pas légion. Et je suis sûr que si la fortune lui sourit un peu, il connaîtra des jours meilleurs. Il serait dommage de nous priver à tout jamais de ses services éventuels – il regarda fixement le secrétaire du roi. Vous n'êtes pas de mon avis, Alquézar ?

– Si fait, s'empressa de confirmer l'autre. Mais avec la vie qui doit être la sienne, il s'expose à de fâcheuses rencontres... Un accident par exemple. Et personne ne pourrait en être tenu responsable.

Alquézar adressa au capitaine un regard chargé de rancune.

– C'est vrai, dit le conseiller d'une voix parfaitement égale. Mais il serait bon que de notre côté nous ne fassions rien qui puisse précipiter ce dénouement gênant. N'êtes-vous pas de mon avis, monsieur le secrétaire du roi ?

– Si, tout à fait, Excellence – la voix d'Alquézar tremblait de dépit.

– J'en serais très fâché.

– Je comprends.

– Extrêmement fâché. Je le prendrais presque comme un affront personnel.

Stupéfait, Alquézar semblait avoir un accès de bile. Il ébaucha un sourire qui se transforma en une horrible grimace.

– Bien entendu, balbutia-t-il.

Un doigt levé, comme s'il venait de se souvenir de quelque chose, le ministre chercha parmi les papiers dont sa table était couverte, en prit un et le tendit au secrétaire du roi.

– Peut-être aurons-nous l'esprit plus en paix, vous et moi, si vous vous occupiez vous-même de ce bénéfice, signé de la main de Don Ambrosio Spínola. Veillez à ce qu'on verse quatre écus à Don Diego Alatriste pour services rendus en Flandre. Ceci lui épargnera pendant quelque temps d'avoir à gagner sa vie à la pointe de l'épée... Est-ce bien clair ?

Alquézar tenait le papier du bout des doigts, comme s'il était empoisonné. Au bord du coup de sang, il regardait le capitaine avec des yeux égarés. La colère et le dépit lui faisaient grincer les dents.

– Parfaitement clair, Excellence.

– Bien. Vous pouvez retourner à vos occupations.

Les yeux fixés sur sa table, l'homme le plus puissant d'Europe congédia le secrétaire du roi d'un geste impatient de la main.

Quand ils furent seuls, Olivares leva la tête pour regarder attentivement le capitaine.

– Je n'ai aucune raison de vous donner des

explications et vous n'en aurez point, dit-il enfin d'une voix sèche.

– Je n'ai pas demandé d'explications à Votre Excellence.

– Si vous l'aviez fait, vous seriez déjà mort. Ou bien près de l'être.

Il y eut un silence. Le conseiller s'était levé pour s'approcher de la fenêtre par laquelle on voyait filer des nuages chargés de pluie. Les mains derrière le dos, il suivait les évolutions des gardes dans la cour. A contre-jour, sa silhouette paraissait encore plus massive et sombre.

– De toute façon, dit-il sans se retourner, vous pouvez remercier Dieu d'être encore en vie.

– J'en suis surpris, en effet, répondit Alatriste. Surtout après avoir entendu ce que je viens d'entendre.

– A supposer que vous ayez vraiment entendu quelque chose.

– A supposer.

Le dos toujours tourné, Olivares haussa ses puissantes épaules.

– Vous êtes vivant parce que vous ne méritez pas de mourir, c'est tout. Du moins pour cette affaire. Et aussi parce que quelqu'un s'intéresse à vous.

– Je vous remercie, Excellence.

– Gardez vos remerciements – le conseiller

s'écarta de la fenêtre et se mit à arpenter la pièce, faisant sonner ses pas sur les dalles de pierre. Il y a aussi une troisième raison : pour certaines personnes, le simple fait de vous maintenir en vie est le plus grand affront qu'on puisse leur infliger en ce moment – il fit encore quelques pas en hochant la tête, satisfait. Des gens qui me sont utiles parce qu'ils sont vénaux et ambitieux. Mais leur vénalité et leur ambition font parfois qu'ils succombent à la tentation d'agir pour eux-mêmes ou pour le compte d'autrui… Que voulez-vous… Avec des hommes intègres, on peut peut-être gagner des batailles, mais pas gouverner des royaumes. Du moins pas celui-ci.

Puis il s'absorba dans la contemplation du portrait du grand Philippe II qui se trouvait au-dessus de la cheminée. Après un très long silence, il poussa un profond soupir et, comme s'il se souvenait enfin du capitaine, se retourna vers lui.

– Quant à la faveur que j'ai pu vous faire, dit-il, ne chantez pas victoire. Celui qui vient de sortir ne vous pardonnera jamais. Alquézar est un de ces rares Aragonais astucieux et tortueux, de l'école de son prédécesseur Antonio Pérez… La seule faiblesse qu'on lui connaisse est une nièce, encore petite fille, menine au Palais. Gardez-vous de lui comme de la peste. Et souvenez-vous que si mes ordres peuvent le tenir quelque temps à distance, je n'ai aucun pouvoir sur le père Emilio Bocanegra. Si j'étais à la place du capitaine Alatriste, je guérirais le plus tôt possible de cette blessure et je retournerais au plus vite en Flandre. Votre ancien général Don Ambrosio de Spínola est prêt à remporter d'autres batailles : il serait fort apprécié que vous alliez vous faire tuer là-bas plutôt qu'ici.

Tout à coup, le ministre parut fatigué. Il regarda la table couverte de papiers comme s'il y voyait une longue et pénible condamnation. Puis il alla lentement se rasseoir. Mais avant de donner congé au capitaine, il ouvrit un tiroir secret et en sortit une cassette d'ébène.

– Une dernière chose, dit-il. Il y a à Madrid un voyageur anglais qui, pour une raison incompréhensible, croit être votre obligé... Bien entendu, il serait difficile que vos chemins se croisent jamais. Mais j'ai ici une bague avec son sceau et une lettre que j'ai lue, bien entendu. Il s'agit d'une sorte d'ordre ou de lettre de change qui met en demeure tout sujet de Sa Majesté britannique de prêter main-forte au capitaine Diego Alatriste si celui-ci en avait jamais besoin. Et elle est signée Charles, prince de Galles.

Alatriste ouvrit la cassette de bois noir dont le couvercle était orné d'incrustations d'ivoire. La bague était en or et l'on y voyait gravées les trois plumes de l'héritier du trône d'Angleterre. La lettre était un petit billet plié en quatre, frappé du même sceau que celui de la bague, écrit en anglais. Quand

Alatriste releva les yeux, il vit que le conseiller du roi le regardait et qu'entre sa féroce barbe et sa moustache se dessinait un sourire mélancolique.

– Que ne donnerais-je pas, dit Olivares, pour disposer d'une lettre comme celle-ci.

ÉPILOGUE

La pluie menaçait sur l'Alcázar et les gros nuages qui filaient en provenance de l'ouest paraissaient s'effilocher sur le chapiteau pointu de la Tour dorée. Assis sur un pilier de pierre de l'esplanade royale, je ramenai sur mes épaules le vieux manteau court du capitaine qui me servait de cape et je continuai à attendre sans perdre de vue les portes du palais d'où les sentinelles m'avaient éloigné à trois reprises. Il y avait très longtemps que j'étais là : depuis que le matin, somnolant devant la prison où nous avions passé la nuit – le capitaine dedans et moi dehors –, j'avais suivi la voiture dans laquelle les alguazils du lieutenant Saldaña l'avaient conduit à l'Alcázar où on l'avait fait entrer par une petite porte. Je n'avais rien mangé depuis la veille au soir, quand Don Francisco de Quevedo, avant d'aller se coucher – il avait pansé une égratignure reçue durant l'échauffourée –, était passé par la prison pour prendre des nouvelles du capitaine et, me trouvant devant la porte, m'avait acheté un peu de pain et de viande fumée. Tel me semblait être mon sort : une bonne partie de ma vie auprès du capitaine Alatriste, je la passais à l'attendre quelque part quand il était en fâcheuse posture. Toujours le ventre creux et le cœur serré par l'inquiétude.

Une bruine froide commença à mouiller les dalles de l'esplanade royale, puis se transforma bientôt en une petite pluie qui voila de gris les édifices voisins, accentuant peu à peu leur reflet sur les dalles mouillées. Pour tuer le temps, je me mis à regarder ces contours se dessiner entre mes chaussures. J'y étais occupé quand j'entendis siffloter une petite musique qui me sembla familière, une espèce de *tiruli-ta-ta*. Un instant plus tard, parmi ces reflets gris et ocre, apparut une tache sombre, immobile. Et quand je levai les yeux, je vis devant moi, avec sa cape et son chapeau, la silhouette noire aisément reconnaissable de Gualterio Malatesta.

Ma première réaction quand je vis qu'il s'agissait de ma vieille connaissance de la Porte des Ames fut de prendre mes jambes à mon cou. Mais je me ravisai. La surprise fut telle que, muet comme une carpe, je restai où j'étais, paralysé, tandis que les yeux noirs et brillants de l'Italien me fixaient. Ensuite, quand je pus enfin réagir, deux idées contradictoires me traversèrent l'esprit. La première, fuir. La seconde, m'emparer de la dague que j'avais dissimulée dans mon dos, sous mon manteau, et tenter de l'enfoncer dans les tripes de notre ennemi. Mais quelque chose dans l'attitude de Malatesta m'empêcha de faire l'un et l'autre. Bien que sinistre et menaçant comme toujours, avec cette cape et ce chapeau noirs, son visage émacié aux joues creuses, marqué par la petite vérole et couturé de cicatrices, son attitude ne laissait présager aucun danger imminent. Et subitement, comme si quelqu'un avait brusquement éclairé son visage d'un coup de pinceau de peinture blanche, un sourire apparut.

– Tu attends quelqu'un ?

Je continuai à le regarder, assis sur mon pilier de pierre, sans lui répondre. Les gouttes de pluie, qui ruisselaient sur mon visage, restaient suspendues aux larges bords de son chapeau de feutre et dans les plis de sa cape.

– Je crois qu'il va bientôt sortir, dit le spadassin au bout d'un moment, de sa voix rauque et sourde, sans cesser de m'observer.

Je ne lui répondais toujours pas. Il se mit alors

à regarder derrière moi, puis à droite et à gauche, avant de fixer les yeux sur la façade du palais.

– Moi aussi je l'attendais, ajouta-t-il, pensif. Pour d'autres raisons que les tiennes, naturellement.

Il semblait perdu dans ses pensées, presque amusé du tour que prenait l'affaire.

– Pour d'autres raisons, répéta-t-il.

Une voiture passa. Le cocher était enveloppé dans une cape de toile cirée. Je lançai un coup d'œil pour voir si je pouvais distinguer son passager. Ce n'était pas le capitaine. A côté de moi, l'Italien avait recommencé à m'observer, son funèbre sourire sur les lèvres.

– Ne te fais pas de souci. On m'a dit qu'il sortira sur ses pieds. Libre.

– Et comment le savez-vous ?

Joignant le geste à la parole, ma main glissa prudemment vers ma ceinture que recouvrait mon manteau court. L'Italien s'en aperçut. Son sourire s'élargit.

– Eh bien, dit-il lentement, moi aussi je l'attendais, comme toi. Pour lui faire un cadeau. Mais on vient de me dire que ce n'est plus nécessaire, pour le moment… L'affaire est ajournée *sine die*.

Je le regardais avec une méfiance si évidente que l'Italien se mit à rire. Un rire sourd et grinçant, cassé, comme du bois qui craque.

– Je vais m'en aller, petit. J'ai à faire. Mais je

veux que tu me fasses une faveur. Un message pour le capitaine Alatriste... Tu n'y vois pas d'inconvénient ?

Je l'observais toujours, méfiant, sans dire un mot. Il recommença à regarder derrière moi, puis d'un côté et de l'autre, et il me sembla l'entendre soupirer très doucement, comme pour lui-même. Noir, immobile sous la pluie qui tombait de plus en plus fort, il avait l'air fatigué lui aussi. Peut-être les méchants se fatiguent-ils comme les cœurs loyaux, pensai-je un instant. Après tout, personne ne choisit son destin.

– Tu diras au capitaine, dit l'Italien, que Gualterio Malatesta n'oublie jamais les comptes en souffrance. Et que la vie est longue, jusqu'à ce qu'elle cesse de l'être... Dis-lui aussi que nous nous retrouverons et que ce jour-là, j'espère bien être plus habile et le tuer. Sans colère ni rancœur : calmement, avec tout l'espace nécessaire, avec le temps qu'il nous faudra. Il s'agit d'une question personnelle. Je dirais même professionnelle. Et entre gens de même métier, je suis sûr qu'il me comprendra parfaitement... Tu lui feras le message ? – de nouveau, la blancheur de son sourire lui barra le visage, comme un éclair blanc. Je suis sûr que tu es un bon garçon.

Absorbé dans ses pensées, les yeux dans le vague, il regardait la place perdue dans la grisaille. Il fit le geste de s'en aller, s'arrêta encore.

– J'y pense, ajouta-t-il sans me regarder. L'autre jour, à la Porte des Ames, tu t'es très bien comporté. Ces deux coups de pistolet à bout portant… Pardieu, je suppose qu'Alatriste sait qu'il te doit la vie.

Il secoua les plis de sa cape pour en faire tomber l'eau, puis ses yeux noirs et durs comme du jais se posèrent enfin sur moi.

– Nous nous reverrons sans doute, dit-il en s'éloignant, puis il s'arrêta, se retourna à demi. Même si… Tu sais ce que je devrais faire ? En finir avec toi, tant que tu n'es encore qu'un enfant… Avant que tu ne deviennes un homme et que ce soit toi qui me tues.

Puis il tourna les talons, s'en alla, redevenant cette ombre qu'il n'avait cessé d'être. Et j'entendis son rire s'éloigner sous la pluie.

Madrid, septembre 1996

EXTRAITS DU

FLORILEGE DE POESIE DE DIVERS BEAUX ESPRITS DE CETTE VILLE

Imprimé du XVIIe siècle, sans mention d'imprimeur, conservé dans la section « Comté de Guadalmedina » des Archives et Bibliothèque des Ducs del Nuevo Extremo (Séville)

ATTRIBUÉ À DON FRANCISCO DE QUEVEDO

FAIT L'ÉLOGE DE LA VERTU MILITAIRE, EN LA PERSONNE DU CAPITAINE DON DIEGO ALATRISTE

Sonnet

Toi, dont les veines charrient le sang d'Alatriste,
Cette race tienne magnifiée par ton fer,
Vis ta vie jusqu'à ton dernier souffle, mais fier
et devant toi quel que soit l'ennemi, résiste!

D'un régiment ancien tu revêts l'équipage,
Palsambleu, tu le vêts sans soupçon de souillure,
Car s'il est un homme à ne souffrir l'imposture
c'est bien toi, tout à ton honneur, à ton lignage.

Valeureux capitaine, en l'effort et la lutte
ensanglanté, mais dans la paix homme d'honneur
chez qui tant de feu le partage à tant de cœur,

Jamais tu ne pardonnes bravade ni dispute,
Et s'il en va de ta foi, tu es hidalgo,
en toi jamais ne dédis si te dis Diego.

SUR LE MEME SUJET.
DE BURLESQUE FAÇON

Dizain

En Flandre il fit un coup d'éclat,
Et même davantage, il mit
En fuite le Franc ennemi
Réclamant un peu d'arnica.
C'était merveille de le voir,
Mais le subir, chose affligée,
ruant sur toute la rangée.
Rien d'effrayant à ce pouvoir,
car nul à Gand mieux ne résiste
que le capitaine Alatriste.

☞ Du Comte de Guadalmedina

AU SÉJOUR A MADRID DE CHARLES, PRINCE DE GALLES

Sonnet

Le Prince de Galles vint ici galamment
En quête d'infante, de noce et de thalame.
Or il ne savait, ce léopard, que la flamme
Ne couronne point l'audacieux, mais le patient.

Au sommet de l'exploit il s'élève et se grise
Tel un aigle qui croit s'assurer de sa proie,
Ignorant que vaine est la promesse et sans poids
Qui, pour raison d'État, ne résiste et se brise.

Voilà qui renferme politique leçon,
Charles: au milieu du marasme courtisan
Ce n'est pas au timon le plus fier artisan

Qui fait le pilote plus habile à l'action,
Couronnant son succès et son front d'excellence,
Nul prix au courage, mais tout à la patience.

☞ Du Meme

A MONSIEUR DE LA TORRE DE JUAN ABAD. AVEC SIMILITUDES TIRÉES DE LA VIE DES SAINTS

Octava Rima

A Au bon saint Roch en patient et en claudicant,
À saint Ignace le chevalier et le vaillant,
Saint Dominique fier chasseur du protestant,
Saint Jean Chrysostome lui qui est éloquent,
À saint Jérôme le savant, l'hébraïsant,
A saint Paul pour le politique et le prudent,
À saint Thomas enfin, Quevedo se complaît
qui met toujours le doigt où il voit la plaie.

REMERCIEMENTS

A Sealtiel, pour avoir prêté son nom.

A Julio Ollero, pour la topographie de Madrid de Pedro Texeira. Et à Alberto Montaner Frutos, pour ses notes, les vers apocryphes de Quevedo et de Guadalmedina, pour son intelligence, la finesse de son jugement et sa généreuse amitié.

TABLE

DU MÊME AUTEUR

Le Tableau du maître flamand

Jean-Claude Lattès, 1993
et « Le Livre de poche », n° 7625

Le Club Dumas ou l'ombre de Richelieu

Jean-Claude Lattès, 1994
réédité sous le titre La Neuvième Porte
Jean-Claude Lattès, 1999

Le Maître d'escrime

Seuil, 1994
et « Points », n° P154

La Peau du tambour

Seuil, 1997
et « Points », n° P518

Le Cimetière des bateaux sans nom

prix Méditerranée 2001
Seuil, 2001
et « Points », n° P995

La Reine du Sud

Seuil, 2003
et « Points », n° P1221

Le Hussard

Seuil, 2005
et « Points », n° P1460

Le Peintre de batailles

Seuil, 2007
et « Points », n° P1877

Un jour de colère

Seuil, 2008
et « Points », n° P2260

Club Dumas
Lattès, 2010
et « Le Livre de poche », n° 7656

LES AVENTURES DU CAPITAINE ALATRISTE

2. Les Bûchers de Bocanegra
Seuil, 1998
et « Points », n° P740

3. Le Soleil de Breda
Seuil, 1999
et « Points », n° P753

4. L'Or du roi
Seuil, 2002
et « Points », n° P1108

5. Le Gentilhomme au pourpoint jaune
Seuil, 2004
et « Points », n° P1388

6. Corsaires du Levant
Seuil, 2008
et « Points », n° P2180

« LES GRANDS ROMANS » DE POINTS
DES ROMANS QUI TRAVERSENT L'HISTOIRE

Les Bûchers de Bocanegra

Les Aventures du capitaine Alatriste II

Arturo Pérez-Reverte

Assoiffé d'aventure, le capitaine Alatriste accepte d'aider son ami Francisco de Quevedo à libérer du couvent la jeune Elvira. Lors de l'attaque, le jeune page du capitaine est arrêté par l'Église et condamné au bûcher. Le sang d'Alatriste ne fait qu'un tour : prêt à tout pour sauver son ami des griffes du sinistre père Bocanegra, il s'engage dans une fort périlleuse entreprise…

« Pérez-Reverte nous entraîne dans une Espagne en pleine décadence dirigée par des religieux fanatiques et des politiciens cupides. »

Lire

« LES GRANDS ROMANS » DE POINTS
DES ROMANS QUI TRAVERSENT L'HISTOIRE

Le Soleil de Breda

Les Aventures du capitaine Alatriste III

Arturo Pérez-Reverte

La guerre des Flandres fait rage. Au pied de la cité de Breda, un siège sanglant oppose Hollandais et Espagnols. En juin 1625, après des mois de corps à corps, les clés de la ville sont enfin remises au général espagnol Spínola. Neuf ans plus tard, Iñigo Balboa, le jeune page fidèle du grand capitaine Alatriste, se souvient de cet abominable chaos auquel il a pris part aux côtés de son maître.

« Arturo Pérez-Reverte a l'art de s'attarder sur un détail, une odeur, sans jamais ralentir ce roman à l'impeccable suspense. »

Lire

« LES GRANDS ROMANS » DE POINTS
DES ROMANS QUI TRAVERSENT L'HISTOIRE

Le Hussard

Arturo Pérez-Reverte

Frédéric et Michel, deux jeunes et fougueux hussards, s'apprêtent à mener leur première grande bataille. La tête pleine d'idéaux, ils rêvent de gloire et d'héroïsme. Après tout, ne se battent-ils pas aux côtés de l'empereur Bonaparte ? Ils se voient déjà vainqueurs de ce peuple espagnol d'un autre temps, encore sous le joug de l'Église et de la royauté... Un récit férocement romanesque, bariolé et savoureux.

« On ouvre le livre en pensant à Stendhal ou aux Duellistes *de Ridley Scott, et on finit sans même s'en rendre compte découpé en morceaux sur le coin de son canapé. »*

Elle

Un jour de colère

Arturo Pérez-Reverte

Le 2 mai 1808, Madrid se soulève contre les troupes napoléoniennes. En quelques heures, hommes et femmes, soldats et artisans s'arment de haches et de couteaux pour affronter l'occupant. Face à l'armée la plus puissante du monde, ils déversent leur colère dans un bain de sang, durant une journée qui a marqué à jamais l'histoire de l'Espagne.

« C'est tellement fort et précis qu'on y est complètement. On tremble, on a les yeux qui saignent sous les coups de sabre. »

Le Point

« LES GRANDS ROMANS » DE POINTS
DES ROMANS QUI TRAVERSENT L'HISTOIRE

Un loup est un loup

Michel Folco

Des quintuplés, Charlemagne était le plus doué, le plus tenace. Mais quand son père est mort de la rage, quand les enfants ont été dispersés, il est parti vivre parmi les seuls êtres dont il comprend le langage : les loups.
Emportant le lecteur dans la France féodale du XVIIIe siècle, Michel Folco dévoile une fois de plus son talent si singulier, tissé d'ancien français, d'aventure et d'humour noir.

« Michel Folco travaille à une œuvre gigantesque et fabuleuse, une épopée roborative, tragique, hilarante… Un loup est un loup *est un livre formidable. »*

Libération

« LES GRANDS ROMANS » DE POINTS
DES ROMANS QUI TRAVERSENT L'HISTOIRE

L'Alliance

Tome 1

James A. Michener

Tjaart Van Doorn est un homme heureux. Sa ferme se porte bien, les récoltes sont bonnes et ses esclaves noirs lui donnent entière satisfaction. Mais lorsque l'Angleterre commence à s'intéresser aux colonies hollandaises situées en Afrique du Sud, son futur s'assombrit. Anglais et Boers s'affrontent, d'abord verbalement puis de manière nettement plus concrète. La guerre éclatera-t-elle ?

« Vieil arpenteur de continents, James Michener excelle dans le monumental. »

Catherine David

« LES GRANDS ROMANS » DE POINTS
DES ROMANS QUI TRAVERSENT L'HISTOIRE

Ouest

François Vallejo

Aux tréfonds des terres de l'Ouest, le garde-chasse Lambert découvre son nouveau maître : le jeune l'Aubépine. Il ne parle que de révolution. Lambert bougonne et se ronge les sangs : les dettes s'accumulent, les fermiers et les terres deviennent sauvages. Et puis, il y a toutes ces femmes que le baron ramène... et qui repartent terrorisées. Dans la région, on prétend qu'il est dérangé...

Prix du Livre Inter 2007

« Ouest *est un livre de tourment et de tension, un magnifique roman d'une beauté sombre et sensuelle.* »

Lire

RÉALISATION PAO ÉDITIONS DU SEUIL
CPI BRODARD ET TAUPIN À LA FLÈCHE
DÉPÔT LÉGAL MAI 2011. N° 105321. (63574)
IMPRIMÉ EN FRANCE